Presented by
Kaho Matsuyuki
with Ryou Mizukane

狐の婿取り

—神様、約束するの巻—

CROSS NOVELS

松幸かほ

NOVEL:Kaho Matsuyuki

みずかねりょう

ILLUST:Ryou Mizukane

CROSS NOVELS

香坂涼聖《こうさかりょうせい》
診療所の医師。琥珀と陽と共に暮らす、かなり幸せな男。琥珀とイチャイチャする時間が減ったのが悩みの種。
琥珀《こはく》
かつて八本の尻尾を持っていた神社の神様。涼聖の愛の力により、最近四本目の尻尾が生えてきた。ツンデレである。
陽《はる》
ちび狐。妖力を持って生まれたため、琥珀に預けられることに。食べることが大好きな育ち盛り❤
Characters
Kaho Matsuyuki Presents

伽羅

きゃら

間狐。幼い頃に琥珀と出会い、心酔。彼を追って香坂家に転がり込む。最近は多少空気を読むように。

橡&淡雪

つるばみ&あわゆき

烏天狗の長。五年を経て孵った弟・淡雪の子守で心が折れそうになることも……。倉橋とようやくカップルに！

倉橋

くらはし

涼聖の先輩医師。元は東京の病院勤務だったが、現在は地方の救命医療をサポート中。淡雪に気に入られている。橡の彼氏。

月草

つきくさ

大きな神社の祭神。美しく教養もあるが、陽に一目惚れをしており、萌え心が抑えられない様子。

CONTENTS

CROSS NOVELS

CONTENTS

狐の婿取り

神様、約束するの巻

Presented by
Kaho Matsuyuki
with
Ryou Mizukane

Presented by
松幸かほ
Illust
みずかねりょう

CROSS NOVELS

夏が終わり、吹く風には少し冷たいものが混じり始めていた。

それを頰に受けつつ、少年は久しぶりの「外」の空気を楽しむ。

つい先日まで風邪をこじらせて寝ついていたのだ。起き上がれるようになってからも、周囲の者がなかなか外に出る許可を出してはくれなかった。

今日になってようやく外出が許され、こうして出かけることができたのだ。

足元に咲く名も知れぬ花を、しゃがみこみ見つめる。それだけで心が和むのを感じた。

「今のうちに、咲いておかないと、すぐに秋が深くなってしまうからね」

少年が花に声をかけた時、少し離れたところで自分を捜している者の声が聞こえた。

「ここにいます」

立ち上がり答えると、その声に一人の青年が安堵《あんど》した表情で近づいてきた。

華奢《きゃしゃ》で背もさほどではない少年にくらべ、青年は背も高く、肩幅もしっかりとしており、もう立派な大人の体だ。

「こちらにいらしたのですか。お捜ししました」

「花をね、見ていたんだ」

少年は答えて、足元に目を向ける。

「そうでしたか。ですが、間もなく日が暮れます。さすれば、冷えますゆえ、若君の御体に障《さわ》ります。どうぞ、そろそろお戻りを」

青年は心配そうな顔で告げる。

「いくら私の体が弱いといっても、このくらいではどうもしないよ」

少年は、もう少し外にいたくて言うが、

「大事な跡取りでいらっしゃるのですから」

青年はそう返してきた。

その言葉に少年は苦笑したが、

「そうだね。分かった、帰りましょう」

帰ることに同意をする。

「では、どうぞ。足元が危のうございますから」

慣れた様子で差し出された手に、少年もなんのためらいもなく己の手を重ねる。

もっと幼い頃から、二人はそうしてきた。

そうすることが自然で、あまりに普通で――。


それなのに、どうしてあの時、この手を離してしまったのだろう――。

1

「琥珀《こはく》」

夜の気配を纏《まと》った涼聖《りょうせい》の声が、琥珀の名前を呼ぶ。

ゆっくりと近づけられる顔に琥珀が目を閉じると、唇が重ねられて、口腔に入りこんできた舌に、ゆっくりと中を舐められる。

「……ん…、ぁっ、ぁ」

口づけに阻まれて、漏れる声はくぐもっていた。

涼聖の手が触れる感触に、肌が少しずつ熱を帯び始める。

体が変わっていくのを感じながら、琥珀の意識が、ふっと別のものにさらわれる。

——琥珀殿には自覚がないやもしれぬが、そなたは今——

白狐《びゃっこ》からの文にあった、指摘。

白狐が言うのであれば、それは事実なのだろうと思う。

だが、事実として受け止めるとしても、どう決断を下すのかが難しかった。

——このままでもいいのなら……。

「琥珀？」

名前を呼ばれ、琥珀は涼聖を見た。

「どうかしたのか？　体調でも悪いなら……」

上の空になっていたことを咎めるのではなく、体調を気遣ってくるのが涼聖らしいと思いながら、琥珀は頭を緩く横に振った。

「いや…そうではない」

「なんか、気になることでもあるのか？」

「そういうわけでも…」

ないと言いかけて、あからさまに嘘《うそ》をついているのが分かるなと思い、琥珀は言い直した。

「少し庭で気配を感じたのだ。気のせいか何かの動物だろうと思う。崩落事故以来、些細なことでも気になってしまうのだ」

そう言うと涼聖は納得したような表情を見せた。

「原因、結局分かってないんだったな」

「ああ。だが、守りを強化してあるし、心配はない」

「……でも、気乗りしねえか？」

そのまま離れていきそうな涼聖の背中に、琥珀はそっと手を回した。

「そういうわけではない。ただ……いろいろなことが起きて過敏になっているだけだ」

「無理しなくていいんだぞ」

涼聖の言葉に、琥珀が頭を横に振った。

それに涼聖は笑うと、

「分かった」

短く言い、琥珀の額に唇をそっと押し当てる。そして、頬やまぶたに触れるだけの口づけを順に落とし、やわらかな唇に甘く吸いつくと、再び歯列を割って口腔に舌を侵入させる。

上顎を舐めると、その感触に琥珀は体を震わせ、力が抜けたのか背中に回した手が、片方落ちる。

甘えるような声が漏れ、その声に愛しさを募らせながら、涼聖は手を琥珀の下肢へと伸ばした。

反応しかけている琥珀のそれを握りこみ、軽く扱く。

愛撫《あいぶ》に慣れた体はあっという間に悦楽へと傾いて先端からとろとろと蜜《みつ》を溢れさせ始めた。その蜜を指に纏わりつかせ、さらに琥珀を煽《あお》る。

「は、ぁっ…、ぁ」

口づけの合間、息を継ぐためにほんの少し離れた唇から上がった琥珀の声は甘く濡れていた。

にちゅ、くちゅっと淫らな音を立てて動く涼聖の手から、逃げようとするように、琥珀の腰が揺れる。

「こーら、逃げるな」

からかいの混じった声音で涼聖は言いながら、根元から先の括《くび》れまでを指で絞りあげて扱く。

涼聖の愛撫に、琥珀は鼻から抜けるような甘い吐息を漏らした。

その声に機嫌をよくして、涼聖は扱く動きを速める。

先端から漏れる蜜がとめどなく伝い落ち、ぐしゅぐしゅとさっきよりも酷い水音を響かせた。

「…っ、…あ、いっぁ、あ、あ……っ」

琥珀の声を聞きながら涼聖は、扱く手は止めないまま、もう片方の指先で琥珀自身の先を、円を描くようにして撫《な》で回し、時折蜜を漏らす穴を擦り立てる。

そうすると琥珀の声はもっと甘くなり、腰が痙攣《けいれん》を始めた。

「…ぁあ、あっあ……っ、も…無理、あっ…、ぅ……あっ、あ」

「好きな時にイっていいから」

涼聖はどこか楽しげに言い、琥珀をさらに追い立てる。

「ああっ、あ…あ、……っ…い、く、あ、あ！」

一瞬体が強く強張り、琥珀の息が止まった。そして、涼聖の手の中で自身を弾けさせた。

「あ…っあ、あ！　あ」

達している最中も扱き立てる手の動きは止まらず、先端にいたずらを仕掛けていたほうの手は、琥珀が漏らした蜜をたっぷりと纏わせて、無防備になっている後ろの蕾に触れてきた。

「……っ…ぁ」

微かな声を上げた琥珀の中に、指が二本、一度に入りこんできた。そして、慣れた様子で琥珀の弱い部分を突きあげ始める。

絶頂の余韻が去らないままで後ろをされると、ずっと気持ちいいのが続いて、つらい。

それが分かっていて涼聖はわざとそうする。

「りょ……っ…あっ、あ」

「耳、出ちまってるぞ、可愛いなぁ」

理性が飛び始めてどうやら狐耳が出てしまっているらしいが、琥珀にはもう、どうすることもできなかった。

涼聖の手が動くのに合わせて感じてしまい、声が漏れ、体が幾度となく上り詰める。

そして、琥珀の体から完全に力が抜けてしまうくらいグダグダにしてから、涼聖はようやく一度、手を離した。

音にさえならない声を漏らし、息を継ぐ琥珀はこの後に待つ、もっと大きな愉悦を知っていて、体を震わせた。

その様子に涼聖はふっと笑うと、琥珀の足を大きく開かせ、散々弄んだ後ろに自身を押し当てた。

そしてそのまま、奥まで入りこむ。

「――…っ、ぁ…っ、あ、あ」

喉がひきつったような声を微かに漏らしながら、襲ってきた愉悦に琥珀は体を大きく痙攣させた。

「ナカも、こっちも、ずっとイったままだ」

「…ぃ……あっ、あ」

非難するような目を向ける琥珀に、涼聖は苦笑いする。

「悪いとは思ってるけど、おまえが可愛いからやめられない」

理不尽とも思えることを言いながら、涼聖は琥珀の弱い部分を徹底的に擦りたててくる。そのたびに琥珀は達して体を震わせ、自身からは壊れたように蜜が溢れ続けた。

「ぁあ、あ、あ、あ…、……っ…あ、あ」

「琥珀、イイのは分かるけど…キツすぎる」

もたないだろ、と続ける涼聖は、どこか楽しげだったような気がするが、もうほとんど知覚できなかった。

気持ちがよくて、それしか感じられなくて、もう、どうしようもない。

繰り返される律動に、意識さえ霞んで、ドロドロに溶け切った体の奥で弾けた熱の感触に呼応するように、ひときわ大きな波がやってきて琥珀を呑み込む。

その波に意識をさらわれた——はずなのに、もっと大きな波が琥珀の意識を呼び戻し、

「り…ょ、…せ……ぃ……」

目に映るものさえ、はっきりと認識できないほど、理性の飛んだ琥珀は、ほんの少しだけ認識できた愛しい存在の名前を呼ぶ。

その声に応えるように、そっと優しく頬に何かが触れて——けれどその優しい感触さえ、新た

な愉悦に塗り潰され、そこから先の記憶は、すべて飛んだ。

◆◇◆

——……それゆえ、二月《ふたつき》、できれば三月《みつき》、本宮に滞在できぬであろうか——

白狐からの文の内容を思い出し、琥珀はふっとため息をつく。

「琥珀殿、どうかなさったんですか？」

そのため息を、琥珀大好きっ狐《こ》の伽羅《きやら》が聞き逃すはずがなく、即座に聞いてきた。

そうでなくとも、それぞれ思い思いのことをしているとはいえ、居間のちゃぶ台に集結しているのだ。みんな琥珀のため息には気づいた。

「いや、とりたてて、どうということではない」

琥珀はそう返したが、

「でも、こはくさま、げんきなさそう……」

心配した顔で陽《はる》が言う。

「そうですよ。朝から、少し様子がおかしいのは気になってたんです。何かお困りのことがあるんじゃないんですか?」

伽羅は問い重ねたが、

「いや……そういうことではない。……いささか、寝不足ではあるが」

琥珀はやんわりと否定し、別の理由を告げた。

それに納得したわけではないだろうが、琥珀がごまかすのは「今は話せない」意思表示であることを汲み取った伽羅は、わざと怒ってみせた。

「もう、明日が休みだからって、また涼聖殿と話しこんでたんでしょう」

そう言って視線を涼聖へと向ける。

そんな伽羅を見て涼聖は苦笑した。

「ちょっとばかり、話しこんじまったな」

「りょうせいさんは、ねむたくないの?」

今度は涼聖のほうを心配そうに見て、陽は問う。

「俺は、短時間睡眠に慣れてるからな」

「たんじかんすいみん?」

首を傾げた陽に、

「みじかいじかんでも、ふかくおやすみになれるので、つかれがとれるのです。りょうせいどのは、おおきなびょういんで、いそがしくしていらしたときに、みにつけられたのでしょう」

ちゃぶ台の上に座して数独《すうどく》パズルを解いていたシロが説明する。

「さすがシロは物知りだな」

感心したように言う涼聖に、

「ぶしは、せんじょうでは、ふかくねむればてきのうごきにきづかず、きゅうちにおちいりますから、あさいねむりでやりすごし、じょうきょうがゆるすときは、たんじかんででも、ふかくねむってかいふくさせる。……まあ、われは、ふつうにねむらなければ、ねたきになれませんが」

シロはしれっと言う。

「涼聖殿、戦国時代でもやっていけそうでよかったですね」

伽羅が笑いながら軽口を叩くのに、

「倉橋《くらはし》先輩も生き延びそうだな、戦国時代」

「そりゃそうでしょ……。むしろ策士として名を馳せてそうですよ」

「策士な、そりゃ言えてる。集落の空き家の件、先輩がうまく誘導して運用プロジェクトに入れたってとこあるし……速攻で一軒売ったしな」

集落にちらほらとある空き家はすべて、防犯対策と倒壊等の危険を防ぐためを兼ねての点検が続けられている。

その中には、何かの施設として活用してもいいと許可が出ている物件と、買いたい人がいれば応相談でという物件がある。

前者については、「空き家プロジェクト」として、宮大工の佐々木《ささき》や工務店の関《せき》たち——つまりは大人のツリーハウス友の会の面々が中心になって修理や手入れを行い、いつでも誰かに使ってもらえる状態になっている。

「そろそろ運用開始でしたっけ?」

伽羅が問う。

「今週末に初めての客が来るって聞いた気がするな」

涼聖が言うのに、

「このまえ、しゅうらくのおばあちゃんたちが、もちよりでおちゃかいしたの。ボクもあそびにいったけど、すごくたのしかった」

陽が続けて話す。

活用許可の出ている空き家で手入れの終わっている物件は、現時点では、レンタルスペースとして日中だけの利用を想定し、運用することになっている。

利用してもらう際に設備面などで不備や不便がないかは、集落の住民が事前に「体験会」と称してお茶会を開いたり、夜は宴会を開いたりして、確認済みだ。

「これから、どんどんお客さんが増えればいいですねー。シゲルさんも参拝に来たあと、みんなでゆっくりご飯食べたりできる場所として使いたいって言ってましたし、シゲルさんの社長友達さんも、レクリエーションなんかで使ってみたいって検討してくれてるみたいです」

シゲルは伽羅を祀《まつ》ってくれている企業の社長だ。

とてもいい人で、もともと仕事熱心ではあったものの経営状況は横ばい状態だったのが、伽羅を祀ってから業績が急激な右肩上がりをしだした。

とはいえ、私生活では華やいだこともなく、独身で、このまま仕事だけで終わる人生かと思っていたのだが、マイナーなアイドルグループに出会い、心のオアシスを得たことで生活に張りが出た。そして、そのグループを通じて同じようにアイドル推しの友達もできたと、とても喜んでくれている。

「シゲルさん、こんど、あたらしいＤＶＤかしてくれるっていってた。しんきょくのふりつけがかわいいんだって」

シゲルが熱く語るアイドルの魅力に興味を持った陽も、最近ではシゲルが貸してくれるＤＶＤを見て振り付けを覚え、月草《つきくさ》の前で披露しては悶絶させている。

月草が本気で一万円札のレイを作りそうだったので、必死で止めさせ、代わりに個包装のお菓子を繋げて作ったレイにしましたと狛犬《こまいぬ》兄弟が話していたのは記憶に新しい。

「レンタルスペースとしての運用が軌道に乗れば、売買物件のほうにも興味を持ってくれる人が出てくるかもしれないしな」

涼聖が言うのに、

「涼聖殿も医者友達に持ちかけてみればいいじゃないですかー。田舎に別荘持たないかって」

伽羅が笑いながら言う。

「別荘なんて金持ちキーワードに飛びつきそうな相手は、俺だって一人しか知らねえよ。その一人は早々に倉橋先輩の毒牙にかかってお買い上げしてるからな」

涼聖が苦笑しながら返すと、

「成沢《なりさわ》さん、即断即決って感じでしたもんねー」

伽羅は感心した様子で言い、出てきた成沢の名前に、

「なりさわせんせい、ふゆにおやすみとるから、べっそうにおとまりにくるって。そしたら、ボクもいっしょにおとまりするの。ふゆはさむいから、デッキであさごはんたべるのはむりだけど、おにわで、ゆきだるまつくったりしてあそぼうって、やくそくしてるの」

成沢が来たら一緒に過ごす約束をしている陽は、嬉しそうに言う。

涼聖の古巣である成央大学付属病院の御曹司であり、外科のエースでもある成沢は、常に執刀スケジュールがいっぱいで、涼聖がいた頃から「忙しい人」という認識だった。

それに加え、今は病を得た現院長を務める父親の跡を継ぐべく、様々な準備があり、さらに忙しいはずで、普通に考えればまとまった休みを取ることが難しいだろうに、三泊の予定で休みを取り、集落に購入した別荘へやってくるのだ。

「その間のご飯、成沢さん、集落の人にお世話になることで、ちょっとでも親しく思ってもらいたいから、おばあちゃんたちにお願いしてくれないかって相談されたんですよね。もちろん、有

料でなんですけど」

伽羅の言葉は初耳だった。

「そうなのか？　てっきりおまえが料理を持ってくか、向こうで作るかすると思ってた」

少し驚いて、涼聖が返す。

「俺も、そのつもりでいたんですけどねー。普段、あまりこっちに来られないから、集落の人と交流って持てないじゃないですかー。だから、交流できる機会は多いほうがいいって感じみたいです。あと、陽ちゃんから、おばあちゃんたちの得意料理の話を聞いて、ものすごく気になってるっていうのもあって」

伽羅の言葉に、涼聖は納得したように頷いた。

「ああ、陽の口コミは、ガチだからな」

香坂《こうさか》家の食事の準備は、今は基本的に伽羅がしている。

だが、男ばかりの所帯であることを気にかけて、集落の女性陣は何かとおかず類の差し入れをくれるので、自然と彼女たちの得意料理や、各家庭の味というものを香坂家の全員が知っていた。

「なりさわさんのごはん、おばあちゃんたちがつくるの？」

涼聖と伽羅の話の内容から察した陽が確認するように問う。

「そうですよー。まだ詳しい日程とか詰められてないですけど、大沢《おおさわ》のおばあちゃんと、松川《まつかわ》のおばあちゃんと国枝《くにえだ》のおばあちゃんにお願いできませんかって聞いてるところなんです。あと手《て》嶋《しま》のおばあちゃんには、おやつをお願いしてあって、こっちは快諾してもらってます」

手嶋のおやつ、と聞いて、陽は目を輝かせた。

「てしまのおばあちゃんが、おやつつくってくれるの？　ケーキ？」

期待でわくわくしている様子の陽に、

「陽、そなたのためのおやつではなく、成沢殿のためのものだぞ」

琥珀が少し窘めるように言う。それに伽羅は続けた。

「まだ、何を作るかは決まってないみたいですねー。まだ先の話ですし……。もしかしたら焼き菓子かもしれません」

「だいじょうぶ。てしまのおばあちゃんがつくるおやつは、なんでもおいしいから」

何が「大丈夫」なのか、琥珀や伽羅の話とややずれた、しかし陽らしい返事に、大人組はみんな一様に微笑ましそうな表情になる。

「はやくなりさわさん、こないかなぁ……」

陽はそう呟くが、まだ季節は秋。

成沢が来るのは、二ヶ月か三ヶ月ほど先だ。

「成沢先生も、きっと陽みたいに、早く陽に会えないかなって言ってると思うぞ」

涼聖が言うと、陽は嬉しそうに笑う。

その笑顔に、大人たちは癒《いや》されるのだった。

◆◇◆

夜になり、今夜の陽の寝かしつけを担当した琥珀が居間に出てくると、涼聖と伽羅がちゃぶ台の側でそれぞれ新聞や雑誌に目を通していた。

「陽、寝たのか？」

涼聖が新聞から目を離し、問う。それに琥珀は頷いた。

「ああ。いつも通り寝つくのが早い」

琥珀の言葉に、伽羅は笑う。

「橡《つるばみ》殿が聞いたらめちゃくちゃうらやましがる言葉ですよねー。『寝つくのが早い』なんて」

橡の異母弟である淡雪《あわゆき》は、相変わらず夜泣き王だ。

大好きな倉橋と、以前に比べれば頻繁に会えることで、機嫌の悪い日というのは減っているらしいのだが、夜泣きはいかんともしがたい様子だ。

「倉橋先輩にしても『夜泣きできるほど元気ってことだし、実際体に問題があるわけじゃないから、別にいいんじゃない』って、大して気にしてなさそうだったからなぁ……」

涼聖は苦笑する。

「成長されれば、夜泣きも徐々に治まるであろうしな」

琥珀は言いながら、自分の定位置に腰を下ろした。

「橡殿の眠れぬ夜は、まだまだ続きそうですよねー」

伽羅が返し、そして続けて、

「それで、琥珀殿の『寝不足』の理由になってる考え事って何なんですかー？」

昼間の件を蒸し返してきた。

追及を逃れられたと思っていた琥珀は、不意をつかれ、言葉に詰まる。

「……いや、特にどうということでは」

ごまかそうとしたが、

「別に、俺も伽羅も、無理に聞き出そうってわけじゃねえんだ。ただ、最近、物思いにふけってるって様子のことが多いのは気になってる」

涼聖にも言われ、琥珀は少しの間、黙して考えた。そして、

「先日、白狐様から届いた書状の件だ」

琥珀はそう切り出した。

「何か厄介事をぶん投げてきたんですか？　俺を通したら断られるって分かってて、直で」

伽羅が腰を浮かせて琥珀に問う。

「いや、そういうわけではない。……白狐様がおっしゃるには、私の妖力の溜まり具合が、問題があるというほどではないにしても、いささか気になるとのことだ」

「妖力の溜まり具合？　けど、尻尾、ちゃんと増えただろ？」

琥珀の言葉に涼聖は怪訝な様子で問う。

「そうですよ。それに、龍神《りゅうじん》殿や祥慶《しょうけい》の一族との件でも、琥珀殿は大変な目に遭われていらっしゃいますし……」

伽羅の言葉通り、琥珀は何度か「命の危機」と言っていい状況に陥っている。そのたびに大きく妖力を殺がれていた。

「それらのことを考慮に入れても、少ないのだそうだ。常に六割程度しか溜まっておらぬらしい。それも尾が増えぬことの一因だろうと」

「六……」

伽羅が言葉を呑んだ。

「伽羅、それは問題なのか？」

六割というのがどういう意味を持つのか分からず、涼聖は問う。

「問題っていうか……俺は日常的には八割キープって感じなんです。でもそれは八割になるように日常的に減らして、余剰分は昇華させてって感じで……。例えれば、ダムの放水みたいな感じですかね。何もなければ、基本は溜まる一方なんですよ。もし琥珀殿が昇華をさせないままでいるのに六割程度で止まってるってことは、ちょっと……」

伽羅の言葉に涼聖は眉根を寄せる。

「だが、私自身それで不調を感じているわけではないし、六割程度だという感覚もない。ただ、白狐様は以前から不思議に思っておいでだったとのことで、ここに滞在されている時に、私の様子を注視していらしたらしい。それで、『気の漏れ』があるのが分かったと……」

琥珀はそう説明した。

「『気の漏れ』？　それって、どういうことだ？　どっかに穴が空いてるってことだと思っていいのか？」

涼聖の問いに、琥珀は頷く。

「穴というほどのものではない。……龍神殿との諍《いさか》いの際、私の魂が引き裂かれたことがあっただろう？」

「ああ……」

「それを染乃《そめの》殿が繕って、治してくれた。……その処置の手際は何の問題もないらしい。ただ、やはり修復された場所というのは脆《もろ》く、完治するには時間がかかる。それゆえ、気の漏れは以前から少しずつあっただろうが……祥慶の一族との件で負った傷で、修復箇所に負荷がかかりすぎ、いささか深刻な傷になっているそうだ」

「ですが、あの時は白狐様が手を尽くされて……！」

伽羅が言うのに、琥珀は頷いた。

「ああ、それゆえ、今、私は日常生活を送るには何ら問題を感じずに過ごしている。何事も起きなければ、このまま自然治癒に任せる方法でもかまわぬだろう。そうすれば気の漏れも治まる。……ただ、崩落事故の原因などが分からぬことを考えると、再びここに何かが起きる可能性もゼロというわけではない。その際、今の私の身に深刻な事態が起きれば……魂の再建は難しいかもしれぬ、と」

琥珀の言葉に伽羅の顔色が変わった。

その様子で、涼聖は琥珀の身に起きようとしていることの重大さが、自分が連想したものとおそらくは違わないのを察した。

「魂の再建が難しいってことは……琥珀が死ぬって…そういう意味か?」

医師として「死」は普通の人よりも身近な場所にあった。

救命救急にいた頃は、日常的なものでさえあったのだ。

だが、今言葉にした時、改めてその言葉の持つ意味の重さを感じた。

しかし、涼聖の問いを聞いた琥珀と伽羅は、微妙な顔を見せた。

「……即『死』とはならぬ場合もある」

琥珀は静かな声で切り出した。

「残った部分だけで、何とかするということも不可能ではないだろう」

「じゃあ、助かる可能性もあるのか?」

「ありますが……それは、今の琥珀殿と同じというわけではないかもしれませんし……それすらできない状況となれば、涼聖殿のおっしゃるとおり……」

伽羅は直截的な言葉を避けつつも、最悪の事態が起きる可能性を示唆する。

それに琥珀が何か言おうとするより早く、

「それ、ヤベぇじゃねえか……。なんとかできねえのか?」

琥珀の身を案じ、対応策がないのかを聞いてきた。

「そのための、今回の白狐様からの書状だ。今の私の状態を改善するため、本宮に来ぬかとおっしゃってくださっている」

「どの程度なんですか?」

「二月から、三月ほど、と……」

「そんなに……」

伽羅が想定したよりも、長い期間だった。

つまり、それほど琥珀は深刻な状態にあるということに伽羅はそのまま言葉を失った。

しかし涼聖は、

「琥珀、行ってこい。おまえの命には代えらんねえ」

即答した。

その言葉に琥珀は目を見開く。

「涼聖殿……しかし、それでは診療所が」

涼聖が診察をし、琥珀が受付を担当する。

それで診療所は回っているのだ。

何度か琥珀が不在になることはあったが、あとで患者としてその時に診療所に来ていた集落の人間からは、やはり大変そうだったと聞いた。

そして、琥珀が重要な戦力だと涼聖はよく言ってくれている。

自分が本宮にいる間、診療所が大変なことになるのは分かっているのだ。

そんな琥珀に、

「診療所のことは気にするな。こいつに手伝わせりゃいい」

涼聖は伽羅を指差し、言った。

「ちょ！　俺だって一家の主夫として忙しいんですよ」

伽羅はそう主張してきたが、

「琥珀のためだ……、犠牲になれ。っていうか、できる七尾だろ？　格好いいとこ見せて、琥珀にアピールできるぞ？」

涼聖がそう返すと、

「やります」

無論、伽羅はやる気満々で即答してきた。

琥珀に負担を感じさせないよう、軽口でいつも通りに意気投合した二人の様子に、ありがたさを感じつつも、琥珀は涼聖と伽羅の負担が重くなることを案じた。

「二人の気持ちは、ありがたいと思うが……」

「ありがたいと思うなら、本宮へ行ってくれ」

涼聖が言うのに、伽羅も頷いた。

「そうですよー。『もしも』の不安を抱えて何年も自然治癒を待つより、二、三ヶ月本宮で治癒に専念して、その後何百年って時間を憂《うれ》いなく過ごしたほうが断然いいです」

伽羅の言葉はもっともだと思う。

もし自分が相談されれば、きっとそう助言するだろう。

だが、すぐに行く、とは言えない事情がもう一つあった。

「私の身を気遣ってくれていることは、本当にありがたいと思っている。しかし……陽にどのように伝えるかも考えねばならぬ」

琥珀の言葉に涼聖と伽羅は、あ、という顔をした。

「そうだよな……。ヘタに話したら、あいつ、自分を責めちまうよな」

呟いた涼聖の言葉に、伽羅も頷いた。

「仕方ないことだったとはいっても……あの時の陽ちゃんの落ちこみ具合はハンパなかったです

しね……」

自分の血族の者にさらわれかけた陽が力を暴走させ、それを御するために琥珀が重傷を負ったことは、陽の中にも深い傷を残していた。

その当時の陽の落ちこみようは酷く、しばらくは寝ていてもうなされていたほどだ。

今でこそ普段は何もなかったようにしているが、それでも琥珀が少し疲れた様子を見せたりすると、陽はこれまで以上に琥珀のことを心配して、肩たたきやお手伝いを申し出てくる。

「本宮に参るつもりではいるが、あの時のことを思い出させることなく、本宮に行く理由をどのように伝えるか……しばし、考えたいのだ」

今すぐにどうこうなる問題ではないとしても、琥珀のことは心配だ。

だが、琥珀の言い分も分かる。

「……分かった。けど、あんまりずるずると先延ばしはするな。早いほうがいいに決まってんだからな」

涼聖のギリギリの言葉に、琥珀は黙って頷いた。

2

翌日の夜、いつものように診療所を終えて家に戻り、涼聖と琥珀が夕食を取っている間に伽羅が陽を風呂に入れて、寝かしつけた。

そして食後の休憩を挟んで琥珀が入浴をしている間に、二人が食べた夕食の片づけを伽羅が行う。

片づけは涼聖がしてもいいのだが、伽羅はよっぽどの時以外は、このあと琥珀の髪をドライヤーで乾かすという役目が残っているため、

『琥珀殿が上がってくるまで、手持ち無沙汰になりますし、ちゃちゃっとやっちゃいます』

と言って、片づけを買って出てくれる。

なお、相変わらず琥珀はドライヤーが苦手だ。

人に乾かしてもらう、ということには慣れたが、自分で片手にドライヤーを持って、というのは怖いらしい。

いや、怖いというか、一度やってみようとチャレンジして、ドライヤーを近づけすぎ、後ろのファンに髪の毛を巻き込んでしまったことがあるため、

『自分でドライヤーを使うくらいなら、自然乾燥を待つ』

という開き直り方をしている。

もっとも、琥珀が苦手なのはドライヤーだけではなく、電化製品全般に苦手意識を持っていて、電子レンジにもよく反乱を起こされ、先日も「おまかせあたため」にしたにもかかわらず、陽の牛乳が吹きこぼれてしまい、落ちこんでいた。

正直、電化製品との相性の悪さは神懸かってるなと思う涼聖だが、そもそも琥珀は稲荷《いなり》神である。

そうなると、神という存在が電化製品と相性が悪いのかもしれないと思う。

実際、伽羅は倉橋が崩落事故に巻き込まれた際、報道陣の扱う機材の波長に邪魔をされて『目』が思うように利かなかったと言っていたが、伽羅は電子レンジもドライヤーも、なんなら携帯電話も自在に使いこなしているし、電子レンジに関して言えば、陽も使える。

そう考えると琥珀の対電化製品の相性が悪すぎるだけなのだろう。

そんなことをつらつらと考えていると、夕食の後片づけを終えた伽羅が居間に戻ってきた。

「おう、お疲れ。いつも悪いな」

涼聖が労うと、伽羅は自分の定位置に腰を下ろしながら、

「どういたしまして。……ちょっと、話、いいです?」

そう聞いてきた。

「ああ」

軽く返すと、伽羅はすぐ本題に入った。

「琥珀殿のことなんですけれど」

「ああ、俺もおまえにそのことで聞きたいことがあったんだ」

「なんですか？」

「琥珀の『気が漏れてる』って話だが、そのことに、ちょっとでも思い当たる節っていうか……、もしかしたら的にでも感じたことってあったか？」

ただの人間でしかない涼聖にはまったく分からないが、七尾の稲荷である伽羅なら、何か感じ取っていたのではないかと思ったのだ。

とはいえ、伽羅が琥珀の一大事に関わることを見過ごすとも思えない。

そして、伽羅の返事は後者だった。

「いえ……、俺はまったく。昨日話を聞いて、注視してみましたが分かりませんでした。多分、白狐様だから分かったっていう感じじゃないかと……」

「……おまえでもさっぱりってことを、白狐さんは気づいたのか。……白狐さんって、やっぱりすごいんだな」

香坂家滞在時のへそ天での昼寝をはじめとした、様々なくつろぎ姿しか記憶にない涼聖はしみじみと言う。

「すごいっていうか、別格です。……稲荷の中でも六尾までってわりといるんですよ。でも七尾ってなるとグンと数が減って、八尾ってなるともっと減って……」

「九尾ってのは数える程度くらいか」

「そうなります。俺も八尾になれるのはもう確定してるんですけど、九尾はさすがにちょっと」

「八尾確定？　ああ、そういや、八尾になれるけど、敢えて七尾で止めてるとか言ってたことあるな……」

伽羅がこの家に来たばかりの頃、そんな話を聞いたことがあるのを思い出した。

「そうです。八尾ってなると扱う情報量が増えるっていうか……テレビで例えると、尾が増えるごとにアクセスできるチャンネル数が増えると思ってもらえたら。地上波プラス無料で見られるBS番組が六尾までとするなら、七尾はBSのすべての番組、八尾になったらCSの全番組までプラスされる感じですかね」

「全番組タダで見放題か」

「タダで好きな番組だけ見放題ってだけならいい感じですけど、全時間帯の全番組をチェックしろって言われたら嫌じゃないですか？」

「三倍速でチェックするにしても無理だろ」

「ですよね。まあ、慣れだとは思うんですけど……とりあえず、八尾になるように要請されてもいないので、個人的に今は七尾で充分なんで」

伽羅の言葉に涼聖は頷きつつ、

「ちなみに九尾になるとどのくらいだ」

なんとなく気になって聞いてみた。それに対する伽羅の返事は、

「ネットにアップされてる動画全部も含まれる感じですかね」

というもので、

「白狐さんって、すげえんだな」

改めてそう思ったが、例えが例えだったからか、それとも脳裏に鮮やかに張り付く白狐のへそ天とサンタクロース姿のせいか、残念なことにありがたみは薄かった。

「つまり、それだけのセンサーが働いてるから琥珀殿の様子に気づけたってことだと思うんです」

その中、伽羅は話を戻した。

「確かに涼聖殿との閨《ねや》回数から考えても、尻尾の成長はもう少し早くてもいいような気がしないでもないっていうか。でも、琥珀殿もいろいろありましたから、そのあたりのことを考慮したら許容範囲のような気もするんですよね。尻尾が増えるか増えないかとか、成長とかに関してはメンタル面にもかなり左右されるんで一概には言えなくて……。でも、白狐様がおっしゃってるんなら、『気の漏れ』は確かだと思うんです」

「まあ、白狐さんが嘘をつく理由も見当たらねえしな」

「それから、二ヶ月から三ヶ月っていう期間を考えると、わりと急いだほうがいいんじゃないかと思います」

伽羅の言葉に涼聖は頷いた。

「ああ。強制的にでも本宮に行かせねえとな」

そう言って少し間を置き、続けた。

「その間、家のことは二の次でいいから、診療所の手伝いを頼みたい。さすがに俺一人で三ヶ月の間、診療所を回すのはキツい」

「もちろん、そのつもりですよ。家のことは休みの日に、みんなで分担してやっちゃえば大丈夫ですから」

七尾の能力を使えば、全部一瞬で片がつくんですけど、スローライフを楽しみたいんですよねーと、伽羅は笑って付け足しつつ、

「昨夜、涼聖殿、本宮に行くことを即断したじゃないですか。あれ、琥珀殿、嬉しかったと思いますよー。俺なら惚れ直してます」

褒めてきたのだが、

「いや、惚れなくていい」

即座に涼聖は返した。そして伽羅が、

「大丈夫です。一ミリたりともそっち方向に気持ちは動いてません」

と言えば、

「なら、よかった。うっかり裏ルートにでも入っちまうのかと思った」

涼聖が笑って返す。

「それ、裏ルートっていうより、システムバグですよねー」

伽羅も同じく笑って言った時、洗面所の引き戸が開くカラカラという音が聞こえた。その音に、伽羅は少し声を潜め、

「今回の件の詳しい話を白狐様に聞けないか打診してみます」

そう言った。それに涼聖が黙って頷いた時、琥珀が居間に姿を見せた。

「おう、琥珀。ちゃんと温まってきたか」

涼聖が声をかけると琥珀は頷いた。

「ああ。湯船につかるのが心地よいと感じるということは、やはり秋が深まってきているのだなと思っていた」

「そうですよねー。日中はまだヘタしたら半袖のほうがいいかなーってくらいの時もありますけど、朝晩は冷えるようになりましたからねー。そういうわけで、琥珀殿、早速、髪を乾かしましょう」

伽羅はそう言って立ち上がると、居間の棚の籠に入れてしまってあるドライヤーを手にした。

「じゃあ、俺、風呂行ってくる。伽羅、琥珀の髪を乾かしたら、さっさと帰れよ」

「乾かさなければずっといていいんですね。ああ、でもそんなことをしたら琥珀殿のこの美しい髪が傷むし……一体どうすれば……っ！」

ドライヤーを胸に抱えて、やたらと芝居がかった様子で言う伽羅に、

「そのままミュージカルでもおっぱじめそうなとこ悪いが、琥珀が風邪を引くとまずいから、マジでさっさと乾かしてやってくれ」

涼聖は呆れ半分といった様子で返す。

「それもそうですねー。琥珀殿、行きましょう」

そう言った伽羅と一緒に琥珀は自分の部屋へと戻り、涼聖は風呂場へと向かった。

◆◇◆

「♪あおーいそらーにとびだそう」

翌日、陽は大好きなアニメ『魔法少年モンスーン』の主題歌を歌いながら、いつも通り元気に集落のお散歩パトロールに出ていた。

小さな集落ではあるが、幼い陽の足で、しかも通りかかった家の玄関先で声をかけられてしゃべったり、招かれてお茶をいただいたり——無論、お茶だけではなく菓子も出る——しているので、陽が集落を一周するのは、大体十日ほどかかる。

そのため、十日前にはまだ咲いていなかった花が咲いていたり、木の実が色づいていたり、様々な変化が見えて楽しい。

「かきのいろが、ちょっとあかくなってきてる。おいしくなってってね」

足を止め、道の脇に植えられている柿の木になっている実をじっと見つめてから、声をかけた陽は、また歩き出す。

まだ、崩落した道路は開通していないが、夏休みが終わり、工事が進んで崩落現場が綺麗《きれい》に整えられたこともあって、遠方からわざわざ野次馬に来る者たちは格段に減り、今は以前より少し車が多いかな、といった程度だ。

それらの車も、近い集落の住民が買い物に行くために走らせているもので、集落内に入ったらスピードを落とす、というローカルルールを守っているため、以前のような危なさを感じることもなくなっていた。

それでも、陽は路地から出たり、道を横切ったりする時はちゃんと、左右を見て確認する。

今も、路地から出て左右を確認した時、少し離れた場所から歩いてやってくる孝太《こうた》の姿が見えた。

「あ!　こうたくん!」

陽が名を呼びながら手を振ると、孝太も陽に気づいて手を振り返し、足早に近づいてきた。そして、間近に来ると声をかけた。

「陽ちゃん、散歩っスか?」

「うん。こうたくんは?」

問い返してきた陽に、孝太はポケットに入れていた家の鍵を取り出す。

「岡倉《おかくら》さんちの最終点検に行くとこっスよ。明日、初めてお客さんが来るっスから、今から行って冷蔵庫とかも使えるように電源入れてくるんス」

「そうなんだ。ボクもこうたくんといっしょにいってもいい？」

陽が聞くと、

「大歓迎っスよ。じゃあ、いきましょう」

孝太は笑顔で答えて、陽と手を繋いだ。

そして二人並んで、レンタルスペースとして、初めて客を迎える岡倉家に向かった。

以前は空き家特有のうらさびしい空気を纏っていたが、綺麗にリフォームされ、新たな役目を与えられた家は、人を迎える温かい空気を再び纏い始めていた。

「おうちがよろこんでるみたい」

そう言って陽ははしゃぐ。

岡倉家には、リフォーム作業中やリフォーム終了後の不都合がないかの体験会を含め、陽も何度も来ているが、そのたびに家が変わっていく過程を実感していたので、嬉しくなった。

「明日来るお客さん、喜んでくれたらいいんスけどねー」

孝太はそう言いながら台所に向かい、そこにある配電盤の蓋《ふた》を開けて下ろしてあったブレーカーを上げた。

「これで電気はつくはずなんで……一応点検に行きましょうか」

「うん」

二人はすべての部屋に向かい、照明がつくかどうかの点検をする。

体験会で問題なく使えているので、点検の必要もさほどないのだが、やはり客を迎える前の点検はおろそかにはできない、というのが孝太の考えだ。

「うん……ここも大丈夫っスね」

「でんき、ついたね。あかるい」

二階の部屋の窓からは、集落を流れる川が見えた。

夏に孝太と一緒にザリガニを取ったりする、あの川だ。

「みんな、なつにあそびにきたらいいのにね。かわであそんで、よるははなびをして、おとまりしたらきっとたのしいよ」

陽が言うのに、孝太は少し困った顔をした。

「そうっスよねー。宿泊施設として使えるのがやっぱ一番いいっスよね」

「……おとまり、できないの？」

孝太の表情と口調から、無理らしいことを悟った陽は、首を傾げながら問う。

「今は、ちょっと難しいんス」

「おうち、こんなにきれいになったのに？」

「家に問題はないんスよ。でも、旅館とかホテルとかみたいに、泊まれるようにするには、届け出とか管理人とか、いろいろあって、今はまだ無理なんス」

孝太の言う「無理」の理由は、陽にははっきりとは分からなかったが、とりあえず「なにかむずかしい」ということだけは理解できた。

「そうなんだ」

「泊まれるようになったら、連泊とかしてもらって、田舎暮らしの体験もしてもらえるし、意外と住みやすいってことも分かってもらえると思うんスよね。……来年の夏までに…っていうか、できればゴールデンウィークまでにそのあたりの問題もなんとか片づけて、泊まれるようにしたいっスね」

孝太が展望を述べる。

「うん！　おとまりできたほうが、ぜったいたのしいよ。あ、なりさわさんも、ふゆやすみにくるっていってた」

「あー、別荘の。冬に来るんスね。忙しいお医者さんだってことは聞いてるっスから、こっちにいる間はゆっくりしてもらえたらいいっスね」

「うん！　あとね、いっぱいあそぶの」

「じゃあ、雪が積もってたら成沢さんにも若者チームに入ってもらって、雪合戦ですね」

孝太の提案に、陽は笑顔で頷く。

「うん！　おじいちゃんたちにかてるように、さくせんたてなきゃ」

「師匠たち、倍の人数っスからね。序盤の連射をやり過ごしたら、あとは動体視力と機動力を駆使してなんとかなると思うんス」

作戦を考え始める孝太の顔は真剣そのものだ。

「ゆきでつくるかべのいちもだいじって、りょうせいさんがいってたよ」

「そうなんスよー」

佐々木率いるシニアチームと、孝太や陽のいる若手チームで行われる雪合戦は、ほのぼの感があまりない、剛速球の飛び合うマジモードの雪合戦である。

それぞれの陣内の好きな位置に決まったサイズと数の防御壁を作り、そこに隠れながら雪玉を投げ合うのだ。

「前は左右均等に壁を作ったっスけど、今回は非対称に作ったらどうかと思ったりしてるんス」

「ひたいしょう？」

「えーっとっスね……」

孝太は作業着の胸ポケットからメモとボールペンを取り出す。作業中に寸法などを書きとめるためにいつも持ち歩いているものだ。

そこに孝太は簡単に絵を描いて、

「前はこんなふうに壁を作ったじゃないっスか。でも今年は思い切って左右のどちらかに固めて、その代わり、師匠たちの陣地ギリギリまで壁を近づけられないかと思って」

説明を始める。

「じゃあ、おじいちゃんたちのじんちのはたまで、ちかくなるね」

「そうなんス。二人残ってたら、猛《もう》ダッシュで、どっちかが囮《おとり》になるって作戦でイケると思うんスよね。まあ、その時に師匠チームの人数をどれだけ減らせてるかってのも鍵にはなってくるんスけど」

二人はしばし、孝太のメモ帳にいろいろな作戦を書きつけ、真剣に検討し合う。

その様子は本当に仲のいい、年の離れた兄弟のようだった。


陽が孝太と一緒に楽しく過ごしている頃、診療所は珍しく患者が少なく、午前診療の受付中なのだが患者がいなくなってしまった。

「たまにこういう日、あるよな」

最後の患者を見送り、待合室に戻ってきた涼聖が言うのに、受付カウンターの中でカルテを整理していた琥珀は顔を上げ、涼聖を見た。

「その分、夕刻からの診療は忙しくなるだろう」

「え？　なんかそんな予感するのか？」

琥珀は普段、神様的な力を使うことはないのだが、先を見越したような今の発言は、何かを予兆したもののように思えた。

しかし、琥珀は微笑んで頭を横に振った。

「そうではない。血液検査の結果は午後に分かるゆえ、それを聞きにおいでになる方が増えるだろうと思ったまでだ」

診療所では採血した血液の検査を外部に委託している。結果のデータが送られてくるのは週に二度、その一度が今日なのだ。

「ああ、そういうことか。びっくりした、何か起きて怪我人続出とかってことかと思ってちょっと焦った」

涼聖はやや安堵した様子を見せて返す。

「そのようなこと、滅多には起きぬ。……特に今は、崩落事故の影響で乱れていた集落の者の気がようやく落ち着き始めたところだ。今また騒ぎになるようなことは起こさせまいと、祭神殿《さいじん》が腐心しておいでだし、周辺の領地でも警戒を強めておるゆえな」

「そうか……。じゃあ、おまえも伽羅も、まだ結構大変ってことか」

周辺の領地も警戒を強めているということは、集落に近い琥珀や伽羅もそうだろうし、橡も同じだろう。

「いや……伽羅殿や橡殿の領内にはもう、人は住んでおらぬし、私の治めている地にしても、涼聖殿一人ゆえ、そういう意味では楽なのだ。動物たちにもそれぞれ考えや感情があるが、人間の複雑さとは比べ物にはならぬゆえな」

「それなら、おまえの負担はそんなにないってことでいいのか？」

問いにただ頷いた琥珀は、これまでと何一つ変わった様子はない。だが、涼聖は不安を拭えなかった。

「白狐さんから、本宮に治療に来いって言われてるって話だけど」

単刀直入に切り出した涼聖に、琥珀は真面目な顔をして頷いた。

「ああ。何かあるのか？」

「何かあるっていうか、おまえ、本当に自覚はないのか？　ちょっと疲れやすいとか、思ったように力が使えないとか……」

「いや、まったくない」

琥珀は即答した。それは考えもせずに返事をした、という様子ではなく、本当に何も不調を感じていないというものに思えた。

「本当にか？」

だが、念のために、もう一度確認する。

「ない。涼聖殿と出会うまでは、妖力を蓄えるための気を集めることもままならず、二尾半にまで力を落としていたからな。涼聖殿と出会い安定して力を蓄えることができるようになって……

いろいろなことがあったとはいえ、万事うまくいっていると思っていたし、今もまったく何も感じてはおらぬ」

琥珀の返事には一切迷いがなかった。

「そうか……」

「白狐様はできる限り急ぐようにとおっしゃってくださっているが、さほど急がずとも、というのが私の体感だ」

「それは、自覚症状がないからそう思うだけかもしれないだろ？　白狐さんが早くって言ってんだったら急いだほうがいい」

涼聖の言葉に琥珀は小さく息を吐いた。

「そうは言うが……本宮はこれから忙しい時期に入るのだ。普段から忙しいところではあるが、神無月に正月、二月の大祭と大きな行事が続く。それに私自身、正月はこちらで皆と過ごしたいと思っているのだ。それゆえ、本宮に伺うのは春あたりにしようかと思っている。それまでに、陽にどのように伝えるかゆっくり考え、離れている間も陽が寂しくないよう、何か策を練ることができたら、と」

一番懸念しているのは、陽のことだ。

陽はふだん、琥珀と長く離れたことがない。

本宮に行った時には、長く会えないことで寂しさを募らせ、本宮から飛び出したほどだ。

そして、長く離れなければならない原因の一端が自分にあると知れば、どれほどショックを受けるか分からない。

陽の責任ではなく、致し方のないことだったのだとしても、陽が自分を責めるのは容易に分かる。

それだけは絶対に避けたいのだ。

しかし涼聖は、

「そんな悠長なこと言っていいのか？」

あからさまな懸念を表情に出した。

「涼聖殿」

「春まで、おまえにいつ何があるか、怯えて暮らすのは嫌だ」

「涼聖殿、さように大袈裟《おおげさ》に考えずとも……これまで何もなかったのだから」

琥珀はそう言うが、

「それは知らなかったからだ。おまえが爆弾抱えてるって分かった今、俺は一刻でも早くと思ってる。……おまえに何かあった時、俺には何もできない。だったら、何かが起きる前に早めに手を打っておきたいんだ」

涼聖は真剣な顔で言った。

それは、医師として深刻な病状の患者と向き合う時と同じ表情だった。

「……私の身を、案じてくれているのは本当に嬉しいと思っている」

「だったら、春に、なんて言ってないで、できるだけ早く行ってくれ」

琥珀のことを真剣に考えてくれているのは痛いほど分かった。

だからこそ、琥珀は自分の意見をこれ以上押し通すこともできず、黙した。

沈黙が待合室に降り積もり、気づまりになりかけた時、診療所の玄関扉が開く音が聞こえた。

そして、

「ただーいまー。あれ？　おくつがぜんぜんない」

少し驚いたような陽の声が聞こえて、小さなスリッパを履いて足早に近づいてくるパタパタという足音とともに、すぐに待合室に陽が姿を見せた。

「こはくさま、りょうせいさん、ただいま！」

いつも通りの、周囲を明るく照らすような笑顔で挨拶をする陽に、琥珀と涼聖も笑みを浮かべた。

「おかえり、陽。今日はどこ行ってたんだ？」

「えっとね、おさんぽのとちゅうにこうたくんとあって、おかくらのおうちのてんけんをいっしょにしてきたの。あした、はじめてのおきゃくさまがくるから」

涼聖の問いにそう答えてから、今度は陽が聞いた。

「きょうは、もうみんなかえっちゃったの？」

「ああ。珍しくな。……もう受付時間も終わったな。飯にするか」

涼聖が言うと、陽は「さんせーい」と両手を上げる。

「きょうはごはん、なに？」

「確か、おすそわけしてもらったきんぴらが残ってたな。あとは……何があったかな」

「ボク、ウィンナーたべたい！」

「ああ、冷蔵庫にあったはずだな。それ茹でるか」

涼聖は陽と話しながら、待合室を出て、奥にある台所へと向かう。

琥珀は一つ深呼吸をしてから、そのあとを追った。

3

自分のことは自分が一番よく知っている。

それはよく聞く言葉で、琥珀もそう思っていた。

しかし、実際にはそうではないらしい。

——春まで、おまえにいつ何があるか、怯えて暮らすのは嫌だ——

涼聖の真剣な表情と声が思い出される。

だが、それと同時に、

——私は、それほどまでに案じられなければならぬ状態なのか……？

という気持ちも湧き起こるのだ。

「陽ちゃん、撃沈って勢いで寝ちゃいました……」

苦笑交じりに言いながら、伽羅が陽の部屋から出てきた。

診療所から戻る車中であくびを連発していた陽は、帰ってすぐに伽羅に部屋へと促された。

一見しただけで、眠たそうな顔をしていたからだ。

それからまだ五分しか過ぎていないのだが、この様子だと、寝かしつけに読む絵本は半分ほどだっただろう。

「陽はいいとして、シロは？　あいつももう寝ちまったのか？」

夕食を取りながら、涼聖が問う。

シロはカラーボックスの中にある自分のベッドで眠るが、陽が寝かしつけに読んでもらう絵本をそこで一緒に聞いていて、大体、陽と似たタイミングで寝落ちするのが常だ。

「いえ、シロちゃんはまだ起きてるんですけど、陽ちゃんが寝ちゃったんで、自分が寝つくまで読んでくれなくてもいいって言うんで……」

「妙なところで遠慮がちだな、シロも」

「まあ、陽ちゃんよりも『おにいさん』ですからねー」

座敷童子として長くこの家に留まっているため、見た目よりもシロは年長だ。

生来、利発な子供だったのだろうが、長年人の理《ことわり》を見てきたシロは知識も豊富で、陽のよきお兄さんでもある。

そのまましばらくは、食事を続ける涼聖と琥珀、そして何くれとなく世話を焼く伽羅の三人でちゃぶ台を囲んで取りとめもない話をしていたのだが、

「琥珀殿、あんまり箸《はし》が進んでませんねー。……悩み事ですか？」

琥珀の様子に気づいていた伽羅はできるだけ軽い口調で聞いた。

「……いや、悩み事というほどではないのだが…」

琥珀はそのままごまかしてしまおうと思ったが、一度そこで言葉を切り、小さく息を吐いてか

ら続けた。

「本宮に招かれた件について、少し考えていた。本宮はこれから何かと忙しい時期に入るゆえ、二月の大祭が終わり、落ち着いてからがよいのではないかと思っていたのだが、涼聖殿から早いほうがよいと助言されたゆえ……いかがしたものかとな」

琥珀の言葉に、伽羅は、

「……琥珀殿に無断で悪かったんですけど、俺、今日、白狐様とその件でちょっと連絡取ってみたんです。白狐様も、何かあってからでは遅いかもしれないから、とにかく早く、と」

真剣な表情で白狐の言葉を伝えた。

「……だが、今すぐどうこうというわけではないのだろう？」

琥珀は戸惑いつつ返した。

「何事もなければ、です。……ですが、崩落事故のように予兆もなく何かが起きる可能性はゼロじゃありません。あの事故を起こした者であれば、琥珀殿の様子にも気がついているかもしれません。そうすれば……琥珀殿が狙われることだってあり得ます」

言い募る伽羅からは、まるで子供のような必死さが感じられた。

「伽羅殿……」

自分の名を呼ぶ琥珀の声に、伽羅はそこで一度大きく息を吐き、少し気を落ち着かせてから続けた。

「……とにかく、涼聖殿の言うとおりに、早めに向かわれたほうがいいです。決断されても、琥珀殿を受け入れる準備に二週間ほどかかるようですし」

「え？　どういうことだ、それ」

琥珀が心を決めればすぐにでも行けると思っていた涼聖は、少し眉根を寄せて聞いた。

「涼聖殿、さして珍しいことではない」

琥珀は言ったが、

「けど、向こうからもってきた話だろ？」

涼聖は納得がいかない様子だった。

「琥珀殿がおっしゃったとおり、珍しいことじゃないっていうか、期日が決まってて、いついつ来てください、大丈夫ですかって場合でも、ＯＫだった場合に迎え入れる準備が整う期間を考えて書状を出しますし、今回みたいに特に期日は決まってなくてって場合は、まず相手に来るか来ないか、来るとしたらいつ頃になるかって返事を待って、それから準備を整えるんです。……俺たちの世界は相手の『意思』を一番尊重するんで……」

「それは分かるけど」

「本宮に籍を置いたことのある稲荷なら、ある程度強制力もあるんですけど、琥珀殿はそうでもないですし……」

伽羅の言葉に琥珀は頷く。

「それにもかかわらずこのように気遣いをいただけるのは、身に余ると思うほどだ」

「琥珀殿は特別なんですから、当然です！」

伽羅は琥珀大好きっ狐さ加減を隠しもせずにそう言ったあと、

「あと、今回は白狐様がおっしゃるには、今の琥珀殿にとって、本宮の『気』が障りになる可能性もあるらしくて」

そう続けた。

「障る？　本宮っていいとこなんだろ？」

「ああ。清浄な地だ」

当然とも思える涼聖の問いに琥珀は静かに答えたが、涼聖の疑問は晴れなかった。

「それがなんで、琥珀にとってマズいことになるんだよ」

それに答えたのは伽羅だ。

「本宮の『気』は子供や病人が長く過ごすには強すぎることもあるんです。人間でも症状によって薬の濃度を変えるじゃないですか。それみたいなものっていうか……。今回は長期間の滞在になりますから念のために、琥珀殿がお過ごしになられる場所を、琥珀殿の『気』に馴染むように調整する必要があって、それが二週間くらいかかるんです。普通に招くだけなら三日程度なんですけど」

「……そうか…」

説明を受け、涼聖は納得した様子で頷く。

「琥珀殿が本宮に行かれるのであれば、その調整は、琥珀殿のおそばにいて『気』について一番よく分かっている俺がするのがいいだろうってことで、白狐様とは話がついてます」

しかし、伽羅のその言葉に琥珀は眉根を寄せた。

「確かに伽羅殿は、私の『気』についてよく知っているとは思うが……そなたは忙しい身であろう？」

領地を治めるだけではなく、伽羅自身の家とこの家の管理、そしてまだ力の足りない琥珀のサポートにくわえ、本宮からも頼りにされて仕事を振られているのは知っている。

『気』の調整となれば本宮に行かねばならず、そのために二週間も伽羅の時間を使わせることは申し訳がなく思えた。

しかし、伽羅は、

「涼聖殿だって、琥珀殿の命には代えられないっておっしゃってたでしょう？　それは俺だって同じです」

そう言ったあと、

「俺は、琥珀殿のおそばでお役に立てる稲荷になることが、子供の頃からの夢だったんです。琥珀殿のために働けるなら、それは喜びでしかないんですよー」

にこにこ笑顔で続けた。

その言葉に、琥珀は胸がいっぱいになる。

本宮を訪う時に、部屋係として仕えてくれていたというだけで、特別なことを何かしてやったような記憶はない。

それなのに、こんなにも慕ってくれて——しかし、その気持ちに応えることができないどころか、普段から世話ばかりかけている。

それらのことすべてが申し訳なくて仕方がなかった。

しかし、伽羅は、琥珀がそんなふうに思うことも織り込み済みで、

「俺の言葉に感激したら、とりあえず、頭を撫でて『嬉しく思う、頼む』って言ってくれればいいんですよー」

そう言って、琥珀のほうに軽く頭を下げて撫でられ待ちの態勢に入る。

それに琥珀は苦笑しながらも、そっと手を伸ばし、伽羅の頭を撫でた。

「嬉しく思う。世話をかけるが、頼む」

琥珀が言うと、伽羅はこれ以上ないいい笑顔で、

「はい！　全力で！」

心底嬉しそうに返事をした。

「ホントおまえ、琥珀に対しては揺るぎない下僕体質だよな」

その様子に、涼聖は半ば感心したような口調で言い、止まっていた夕食を再開する。

「何とでも言ってください。涼聖殿が天寿《てんじゅ》を全うしたあとに、恋愛ルートに乗せるための基盤づくりに必死なんです」

「人生百年時代っつってるから、あと六、七十年、それだけありゃ、基盤はできるだろ。できる七尾、頑張れ」

涼聖は笑って無責任に、自分の後釜候補に名乗りを上げている伽羅を励ます。

「応援されてるのに、このもやっとする感じ、なんなんでしょうね？」

二人のいつもの軽いやりとりは、琥珀の気持ちを解すためだとすぐに分かる。

そんな二人に感謝しつつ、琥珀も食事の続きを始めた。

入浴を終え、いつも通り伽羅に髪を乾かしてもらった琥珀は、伽羅を見送ったあと、涼聖の部屋に向かった。

そこでしばらく待っていると、パジャマに着替えた涼聖が部屋に戻ってきた。

「おう、琥珀、どうした？」

特に驚いた様子もなく声をかけてくる。

「少し、相談をしておきたいことがあってきたのだが、かまわぬか？」

「俺で力になれるならな。どうした？」

涼聖は言いながら、琥珀が腰を下ろしているベッドの傍らに自分も座した。

「そなたや、伽羅殿の言うとおり、できる限り早く本宮に向かおうと思う」

「ああ、それがいい」

「だが、陽にどのように伝えるか、苦慮している。陽に嘘はつきたくないが、さりとて私自身に何かが起きていると知れば、聡《さい》い子ゆえに、自分の責任を感じてしまうやもしれぬ。それだけは避けたいのだ」

陽の一件だけが理由ではないし、そもそも、あれは陽が悪いわけではない。

だから陽に責任を感じさせたくはなかった。

しかし、琥珀に何らかの不調があると伝えては、陽が何かしら感じ取ることは容易に想像がつく。

「そうだよなあ……。俺にとってもおまえは特別だけど、陽にとっちゃ親代わりで、多分、今の陽の世界の中心みたいなところあるからな」

いろんな人と出会って、陽の世界はどんどん広がっているが、それでも中心にいるのはやはり琥珀だ。

その琥珀が本宮で治療を受けなければならない原因の一端が自分にあると感じれば、陽は自身を責めるだろう。

「さて、どう話すか……」

涼聖は腕組みをして、しばし考える。そしてややしてから、

「……陽に嘘はつけないって言ったよな?」

「ああ」

「事実を一部伏せるってのは、嘘に入るのか?」

涼聖の言葉に琥珀は首を傾げた。

「事実を伏せる、とは?」

「たとえば、晩飯のメインのおかずが一人分のトンカツと二人分の鶏のから揚げがあったとして、あとから家に帰ってくる奴にトンカツを残すことをせずに独り占めして食っちまったとする。で、そいつが帰ってきた時に、トンカツもあったってことは伏せて、夕飯は鶏のから揚げだぞって言ってそれだけ出す、みたいな」

「……トンカツはなかった、という前提で話を進めるということか?」

「まあ、そんなとこだ。それは、嘘になるか?」

「……嘘とも言えぬが…、そなたたちの言うところの『グレーゾーン』ではないか」

琥珀の返事に、涼聖は、

「もし、おまえがグレーでもいいってなら、『気の漏れ』があるってとこを伏せりゃいいんじゃないかと思う」

そう切り出した。

「伏せて、どのように伝える」

「『気の漏れ』がなくなったら、おまえってどんな感じになるんだ？」

「そうだな……、漏れているという自覚がないから分からぬが、おそらくこれまでより効率よく気を溜められるようになるだろう。そうすれば、尾の成育に関してもよい結果を生むことになると思うが」

「じゃあ、そこだけ伝えようぜ。今よりもっと効率よく気を溜められるようにするために、本宮に行くって」

　あっさりと言った涼聖に、琥珀は戸惑った。

「……それで、よいのだろうか」

「陽が『どうして今は効率よく気を溜められないのか』って聞いてきたら、話さなきゃなんないだろうけど、聞かれなきゃ黙っててもいいんじゃないかと思う。伝えなくていいことってのも絶対あるし、実際、琥珀は陽に言いたくねえんだろ？」

　涼聖の言葉に、琥珀は頷く。

「だったら、言わなくていいと思う。伝えて、相手を幸せな気持ちにする情報なら、知ってても知らなくてもいいことでも伝えてやれって思うけど、誰得だよって話なら、黙ってたほうがいいんじゃないか。……知らなくてもいいことってのはあるし、陽はまだ子供だ。知っておくべきことをコントロールするのも、俺たち親の大事な役目だ」

「……親の役目、か」

「ああ」

「だが、聞かれれば答えなければならぬ。そうだな？」

確認してきた琥珀に涼聖は頷いたが、

「まあ、十中八九、聞いてこねえよ。シロなら可能性はあるけど、シロも余計なことは聞かねえだろ」

そう言って笑い、まだどこか不安そうにしている琥珀の肩を抱いた。

「おまえの思惑無視して、早く行けってせっついて悪かったな」

「涼聖殿」

「早期治療を勧めんのは、医者の性分だと思ってくれ」

苦笑いをして言う涼聖の肩に、琥珀はそっと自分の頭を預ける。

「私の身を何より大事に思ってくれてのことだというのは、理解している。……それゆえ私も、できる限り早く行くと決めたのだ」

何も起きないとは思う。

それでも、自分の身を案じさせ続けることもまた罪だ。

「三ヶ月、か……。長く感じるだろうな、きっと」

呟いた涼聖に琥珀は答える代わりに、涼聖の膝の上に、ただそっと手を置いた。

◆◇◆

翌日の土曜日は、診療所は午前中だけだ。

昼食のあと、数件の往診をして、集落での用事が特になければ家に帰る。

今日は三時過ぎに、三人は家に戻ってきた。

「おかえりなさーい」

「おかえりなさいませ」

帰ってきた車の音を聞きつけて、伽羅と伽羅の肩に乗ったシロが玄関先まで出迎えてくれた。

「きゃらさん、シロちゃん、ただいま！」

涼聖にチャイルドシートから降ろしてもらいながら、陽は伽羅とシロにただいまの挨拶をし、車から降りると伽羅からシロを引き受けた。

「すぐおやつにしますかー？　準備はできてますよー」

そう言った伽羅に続いて、

「きょうは、スイートポテトだそうです」

シロがメニューを口にする。

「ああ、もらいもののサツマイモがあったな。あれか？」

涼聖が荷物を下ろしながら問うと、伽羅は頷いた。

「そのままシンプルに焼き芋っていうのも考えたんですけど、焼き芋はもうちょっと秋が深くなってからでもいいかなーって思ったんで、スイートポテトにしてみました。陽ちゃん、どうしますか？」

再度問う伽羅に、陽は、

「きょうはおてんきがいいから、おにわでたべてもいい？」

涼聖と琥珀を交互に見て、聞いた。

「ああ、それもそうだな。じゃあ、外でおやつにしよう。おやつが終わったら、陽、一緒にちょっと山へ散歩に行かないか？」

涼聖が誘うと、陽はパッと笑顔になった。

「いく！」

「りょうせいどのが、おさんぽとは、めずらしいです」

普段、涼聖が家にいる時はカルテの整理や新しい論文に目を通したりしていることが多く、シロが不思議そうに言うのも、もっともだった。

「集落のおじいちゃんやおばあちゃんたちに、健康のために軽いウォーキングくらいはしてくださいって言ってる手前、俺が何もしないっていうのもな。今日は早く帰れたし、天気もいいし」

涼聖が言うと、

「じゃあ、きょうは、おやまあるきのひ！」

張り切った様子で言う陽に、涼聖は頷いて、

「じゃあ、おやつ食べて行こう」

そう言うと、陽を促して、まず家に入った。

おやつは、陽の提案通り、外で食べることになったので、いつもバーベキューなどをした時に使う孝太が作ってくれた簡易テーブルを裏庭に出し、そこで三十分ほどみんなでおやつを食べて過ごした。

そして予定通りに涼聖は陽とシロを連れて散歩に出かけた。

家には琥珀と伽羅が残ったが、それは涼聖と琥珀が相談したうえでのことだった。

テーブルを片づけ、使った食器類を台所に運んだタイミングで、琥珀は伽羅に声をかけた。

「伽羅殿、少し話があるのだが、かまわぬか？」

「はい。どうかされましたかー？」

察しの付いていない様子の伽羅に、琥珀は静かに切り出した。

「本宮へと誘っていただいている件についてなのだが」

その言葉に、伽羅の顔が少し締まる。

「はい」

「一番早い時期で向かいたいと思う。『気』の調整のため、そなたに先に本宮へ向かってもらわねばならぬが、そなたの都合はどうかと……」

琥珀の決断に、伽羅は驚きと、そして安堵の入り交じった表情を見せた。

「……よかった…、琥珀殿が早く決断してくださって。俺、早くても一ヶ月くらいあとかと思ってました」

「昨夜、涼聖殿とそなたの二人から説得されたゆえな……。そなたが忙しいことを考えても、私が早く決断しておかねばと思ったのだ」

自分が行けばそれだけでいいと思っていたが、その事前準備として伽羅の手を煩わさなければならないことが分かって、琥珀は伽羅や本宮の都合などを考えれば、決断だけは早くしておかなければならないと思った。

そして、自分がここにいることでいたずらに涼聖や伽羅を不安にさせるのであれば、一番早いタイミングで行くのがいいと思ったのだ。

「すぐ、白狐様に連絡を取って、最速のタイミングで向かわれるとお伝えします。……俺のほうも領地を空ける準備があるんで…ああ、淡雪ちゃんの離乳食も準備しとかなきゃいけないけど、それは明日の買い物が終わってからしか無理だし……」

伽羅が早速頭の中で段取りを組みつつ、

「とりあえず、本宮との調整関係、全部俺に任せてもらっていいですか？　正確な日程が決まったらすぐにお知らせしますから」

琥珀に承諾を得る。

「いつも任せきりになるな。すまぬ」

「琥珀殿のためなら、なんでも喜んで！　ですよー」

伽羅は笑顔でそう言ったあと、

「あ……、涼聖殿が陽ちゃんとシロちゃんを連れ出したのって、この話のためですかー？」

察しが付いた様子で聞いた。

「ああ。……陽が眠ってからそなたにとも思ったのだが、そうすると本宮への連絡が遅れるゆえ、少しでも早いほうがいいと涼聖殿が」

「いえ、正しい判断だと思います。二十四時間稼働の本宮とは言っても、昼のうちに伝えておいたほうが話の通りが早いですし。じゃあ、俺、ここ片づけたらちょっと祠《ほこら》に戻って連絡入れてきますね」

伽羅はそう言うと、シンクに置いた食器を洗い始めた。

そんな伽羅に、

「頼りにしている」

琥珀は静かな声で言い、伽羅は無駄に胸をきゅんきゅんさせるのだった。

その日のうちに段取りが組まれ、伽羅は火曜の午後から、本宮へ向かうことが決まった。

琥珀が本宮に向かうのは二週間後の金曜——琥珀は土曜の午前診療が終わって家に戻ってからでもと言ったのだが、涼聖と伽羅から『準備でき次第最速で行け』と言われ——に行くことになった。

そして、陽への説明は翌日の日曜の夕食のあとにすることに決まった。

夕食後にしたのは、楽しい日曜日を、陽にとっては衝撃的な話で過ごさせたくなかったし、食事が進まなくなるのも嫌だったからだ。

休日なので、涼聖と伽羅が二人で作った夕食をみんなで食べたあと、今夜もおいしいご飯で満足そうな様子を見せている陽に、琥珀は声をかけた。

「陽、シロ殿、少し話がある」

「こはくさま、なに？」

陽はきょとんとした顔で琥珀を見た。その陽に、

「私は、しばらくの間本宮へ行くことになった」

まず、琥珀はそう切り出した。

陽の目が、驚きに見開かれる。

「しばらくって、どのくらい？」

「二月から三月ほど、留守にする」

「ふたつきから、みつき……そんなにながく？」

陽はやはり、悲愴な顔つきになった。ちゃぶ台の上でいつも通りに座して食事をし、そのままちゃぶ台の上にいたシロが、

「いかがなさったのですか？」

理由を聞いた。

「倉橋殿が巻き込まれた事故が起きたであろう？　あのようなことがもう起きてほしくはないが、もし再び何かが起こっても、今の私の力では事前に気づき、また事が起きた時に万全を尽くせるとは言い難い。そのため、本宮に行き、今までよりも効率よく妖力を溜められるように修練をするのだ」

琥珀の説明は陽にもシロにも納得のいくものだったらしい。

だが、頭で納得はできても、気持ちがついていくわけではなく、陽は眉根を寄せてカレンダーを見ながら指を折って何かを数えてから、

「おしょうがつも、いないの？」

ショボンとした様子で聞いた。

「……そうだな。戻ることは難しいだろう」

琥珀の返事は陽の予想通りではあったが、確定事項となり、陽の目にじわっと涙が浮かぶ。

「陽、琥珀は留守になるけど、冬休みになったら成沢先生が来てくれるだろ?」

涼聖がそう声をかけ、陽の気持ちをなんとか上げようとするが、陽は寂しさ全開状態だ。

それでも、零れおちそうになる涙をゴシゴシと手で拭うと、

「おてがみかいたら、おへんじくれますか?」

ささやかな願いを口にする。

それに琥珀は微笑み、頷いた。

「必ず」

「ボクのこと、わすれたりしませんか?」

「忘れるわけがない。長くとも三月ほど、春になる前に戻ってくる」

琥珀はそう言うが、陽は今までよりも眉根を強く寄せ、

「ほんとうに、ちゃんとかえってくる?」

寂しさが過ぎて、根本的なことさえ疑いだした。その陽に、

「陽、こちらへ」

琥珀は手招きをして陽を呼びよせる。

おずおずとした様子で膝でにじり寄った陽を、琥珀は膝の上に抱いた。

「幼いそなたに寂しい思いをさせてすまぬと思う。だが、本宮に参り、これまで以上に稲荷としてそなたの手本となれるよう頑張ってくるゆえ、しばし我慢してはくれぬか?」

琥珀は優しく、許しを乞うような声で伝えた。

その言葉に陽は目から涙を溢れさせたが、琥珀にギュッと抱きつき、頷いた。

「……こはくさま、きをつけて、いってきてね」

声を震わせながら、それでも精一杯の気持ちを込めて言う陽を、

「分かった。重々、気をつけて参る」

琥珀は強く抱きしめた。

4

予定通りに伽羅は準備のために本宮へと向かった。

その間に領内の結界を強めたりする様々な作業と並行して、淡雪の離乳食および、香坂家の食事の準備をできる限り済ませていった。

とはいえ、作り置きのできる数も、冷凍しておける量も限界があるため、

「今週は多分、イケると思うんです。でも、来週分までは無理なんで、そこは涼聖殿、何とか凌《しの》いでください。離乳食も、もしかしたら足りないかもなんですけど、市販のも準備してますし、倉橋先生がいらっしゃる時なら市販のものでもご機嫌で食べてくれると思うので、そのあたり調整してもらってください」

完全に『家を留守にする母親』レベルの心配をしていた。

「大丈夫だ、心配すんな。おまえほど手の込んだもんは無理だが、俺もちょっとは料理するんだし、冷凍食品って最終手段もあるからな」

涼聖の言葉に、伽羅は頷きつつも、

「ちゃんと裏面の表示を見て、添加物とか気をつけてくださいよ！」

やはり、母親レベルの心配を口にしていた。というか、それしか心配していなかったといって

も過言ではない気がするが、とにかく無事に本宮に向かった。

そんなオカン気質な伽羅だが、その不在について集落では、「琥珀と伽羅の親戚が病気で入院してしまったので、取り急ぎ伽羅が様子を見に行った。伽羅が戻ったら交代で今度は琥珀が行くことになっている」という説明がされていた。

基本香坂家で家事をしている伽羅なので、集落に顔を出す機会は限られているとはいえ、手嶋のケーキ教室――生徒は伽羅一人だが――を休まねばならないため、そういった説明が必要になった。

とはいえ、その後、交代で向かう琥珀の不在が長くなることについても、「琥珀のほうが血の濃い親戚であり、幼い頃に世話になった恩義や親しみがあるため、様子が落ち着くまで向こうにいる」という感じにしようと、一応決めてあった。

「伽羅さんがおらんかったら、家のことはどうしとられるん?」

待合室では男所帯――伽羅がいても男所帯だが――の香坂家の家事について心配する声が上がっていたが、

「きゃらさんがいろいろつくっていってくれたのと、ボクもおかたづけとか、いろいろおてつだいしてるの」

陽がそう説明する。

「陽ちゃん、お手伝いえらいいねぇ」

それを聞いた老女は手放しで陽を褒め、頭を撫でる。

陽は嬉しそうな顔を見せるが、伽羅が戻ってきたら、今度は琥珀が本宮へ、それも二ヶ月から三ヶ月という、これまで経験したことのない長さで行ってしまうので、そのことを考えると寂しくなってしまって、どうしても表情に出てしまう。

そんな陽の表情の理由はみんな知っていて——というか、寂しげにしている陽に理由を聞いた住民に、陽が、

『きゃらさんがいないのもさみしいから、はやくかえってきてほしいけど、きゃらさんがかえってきたら、こんどがこはくさまがいっちゃうから……』

と、話したからなのだが——その複雑な心中に、みんなさりげなく陽の様子を気遣う。

「陽ちゃん、いる？」

待合室にそう言って入ってきたのは北原《きたはら》というカルトナージュを趣味にしている老女だ。

「あ、きたはらのおばあちゃん。こんにちは」

陽は行儀よく挨拶すると、

「おばあちゃん、どうしたの？　どこかいたいの？」

体を気遣う言葉を口にする。それに北原は微笑んだ。

「ううん、どこも悪くないのよ。今日は、陽ちゃんに用事があって来たの」

「ボクに？」

不思議そうに首を傾げた陽に、北原は持っていた手提げカバンから、手編みの赤いフードマントを取りだした。

「前に陽ちゃんにフードの付いたマントを編んであげるって約束しとったでしょう？　でき上がったから、持ってきたの」

それは、二ヶ月ほど前。

まだ夏の盛りと言っていい程の頃のことだ。

北原はカルトナージュもたしなむが、手編みもたしなむ。

いつでも思い立った時に編みだせるように、以前に編んだが今はもう着ていないセーターやベストなどを解いて一本の糸に戻す作業をしていた。

それを、いつものお散歩パトロール中に見かけた陽は作業を手伝った。

その時にお礼に何かを編んであげると言われて、陽は『あかずきんちゃんみたいなマントがほしい』とねだったのだ。

解いた糸にはいろいろな色があり、また新しい糸にも青や緑といった男の子が好みそうな色から、オフホワイトやベージュといった無難な色まであったのだが、陽が選んだのは、解き糸の中にあった濃い赤だった。

陽が新しい糸を使うことを遠慮しているのではないかと思って、どれを使ってもいいのだと再度言ってみたが、陽は、

『あかは、まよけのいろだって、こはくさまがいってたの。それにあかずきんちゃんだから、やっぱりあかがいいなぁ』

そう言って、やはり赤を選んだ。

それで編まれたのがこのマントだったのだが、普通のマントではなかった。

「わぁ……したのほうに、シカさんがいる…。それにフードにおみみがついてる！」

広げられたマントのすその部分には、鹿が模様編みで編み込まれており、フード部分にはちょこんと小さなクマ耳がついていた。

「ホントじゃわ……凝っとるねぇ」

「雪の模様も……」

待合室にいた女性陣が集まって、北原のマントに感心してあれやこれや話しだす。

「解き糸だから、足りなくなってきてねぇ。ごまかすために模様を編み込んで、裾のほうは紺色にして……」

模様編みの途中から編み地が紺色に代わっているが、それは最初からそうなるようにデザインされているように見えた。

「真っ赤じゃないけど、陽ちゃん、どう？」

「うれしい！　ありがとう」

陽は満面の笑みを浮かべて礼を言ってから、琥珀を見た。

「こはくさま、きたはらのおばあちゃんにマントもらった！」

一部始終を見ていたので琥珀も知っているが、わざわざ報告してくる陽に、琥珀は微笑み、

「北原殿、いつも陽にいろいろと気遣いをいただいて、すみませぬな」

「いいの、いいの。編み物は好きだし、陽ちゃんは孫みたいなものだもの」

北原がそう言うのに、

「遠くの実孫より、近くのよそ孫じゃものねぇ」

「陽ちゃんはなんでも似合うから作り甲斐もあるしねぇ」

女性陣は目を細めて笑い合う。

「おばあちゃん、マント、きてみてもいい？」

陽が言うのに北原は頷き、陽にマントを着せかけた。首の少し下の丁度いい位置に大きめのボタンが取りつけてあり、それに糸ループを引っ掛ける作りになっていて、陽でも簡単に着ることができる。

そしてフードを被ると、可愛いクマ耳がちょこんと立ち、

「あれじゃねぇ、なんとかバエじゃねぇ」

「そうじゃねえ、バエじゃねぇ」

陽の愛らしさに女性陣はにこにこしながら速やかに携帯電話を取り出し、撮影を始めた。

それに触発されて男性陣も携帯電話を取り出し、遠目から、または席を立ち、ポジションを変

更しながら陽の姿を携帯電話に収める。

そして撮影された写真のベストショットは、集落住民共有のファイルにアップされ――孝太がそういう使い方を佐々木に教えたところ、佐々木からツリーハウス友の会に伝わり、友の会の会員から家族、つまりは奥方に広まり、奥方たちに広まったあとの拡散は早かった――みんなが赤ずきん姿の陽の姿に和んだのだった。

◆◇◆

こうして、伽羅の不在を寂しく感じつつも、特段大きなことはなく、数日が過ぎて日曜が来た。

休日恒例の、近所の分も合わせての買い出しを終えて家に戻ってくると二時前だった。

「じゃあ俺、ちょっと部屋に戻ってる」

少し早めのおやつタイムを取ってから涼聖は自分の部屋に引きあげる。

琥珀と陽、そしてシロはそのまま居間にいた。

陽はぬりえを、シロは相変わらず数独パズルを、それぞれ熱心に取り組む傍らで、琥珀は自分の領内の気配を探り見回りを行う。

その中、琥珀は領内の一画に気の淀《よど》みがあるのに気づいた。

詳しく見てみると、そこには一頭のイノシシの死骸《しがい》があった。まだ若いイノシシだったが、何か病を持っていたらしく、急に衰弱して死んだ様子だった。

『死』そのものは、忌まわしい出来事ではない。

『生』があれば必ず『死』がある。

ただそれだけのことなのだが、『生』から『死』へと移る過程で何らかのアクシデントや、心残りのような感情があれば、魂は器である肉体が失われてもこの世界に留まってしまう。

このイノシシも、自分が死んだということの自覚ができていない様子だった。

放っておいても時期が来れば自然と行くべき場所に向かうものも多いが、その前によからぬ者たちに利用されることもある。

特に、原因が分からない崩落事故があった今は、放置しておくのは危険でしかない。

そのため、琥珀はイノシシの魂を行くべき場所へと向かわせる作業に入った。

それは、特段難しい作業ではない。

道筋を示し、そこに向かうようにするだけのことで、これまでに数えきれないくらい繰り返してきた作業でもある。

今日もいつもと同じように、それを行う。

魂を導くために、溜まった淀みをまず昇華する。

だが、その作業の途中、わずかに纏わりついてきた淀みが琥珀の魂の脆い部分に触れた。

あ、と琥珀が思った時には、もう遅かった。

一気に魂に裂け目ができ、そこから大量に気が漏れ、琥珀は昏倒《こんとう》した。

ドスン、という音に、ぬりえに夢中になっていた陽は、その音がしたほうを見て、琥珀が倒れているのに気づいた。

「こはくさま！　……こはくさま、どうしたの？　こはくさま！」

叫ぶように琥珀の名を呼ぶ陽の声は、部屋に戻っていた涼聖の耳にも届いた。ただ事ではない陽の声に、涼聖は急いで居間に駆けつけた。

そこには畳の上に倒れ込んでいる琥珀と、その琥珀に泣いて縋《すが》る陽がいた。

「陽、いったいどうしたんだ？　何があった！」

涼聖は問うが、陽は泣きじゃくるのが止まらず、説明どころではなかった。

「…きゅうに、おたおれに……」

ちゃぶ台の足を伝って畳の上に下りてきたシロがそう伝えた時、異変を察知した龍神が金魚鉢から飛び出し、姿を現した。

「いかん、気が漏れだしている」

「気が……？　どうすりゃいい！　龍神、なんとかしてくれ！」

涼聖ではどうすることもできない種類の事態が起きていることだけは分かり、龍神に頼むもの

の、

「我と琥珀では力の種類が違いすぎる……どうしてやることもできぬ」

返事は絶望的とも思えるものだったが、龍神はすぐに、

「陽、笛を吹き、月草殿を呼べ！」

泣きじゃくっている陽に命じた。

その言葉に陽ははじかれたように顔を上げ、首から下げていた貝笛を吹いた。

それは、何かあれば吹いて呼ぶように、と月草から渡されていたものだ。

ピーっと単調な音が緊迫した居間に響き、数秒置いて縁側に現れたのは阿雅多《あがた》と浄吽《じょううん》の狛犬兄弟だった。

「陽殿、いかがなさい……琥珀殿⁉」

様子伺いの言葉を口にしかけた浄吽だが、倒れている琥珀の姿にすぐに気づいた。

駆け寄ってくる二人に、

「月草殿はどうしたのだ」

龍神が焦った様子で問う。

「月草様は祭礼の最中で、代わりに我らが……」

「そなたらでは話にならぬ」

「承知の上。私を媒介に月草様とお話しください」

浄吽はそう言うと意識を月草と同調させた。

『龍神殿、いかがなさいましたか。陽殿に何か危険が?』

浄吽の唇から出る声は月草のものだった。

「陽は大事ないが、琥珀が倒れた。どうやら魂が裂けた様子だ。気が漏れだしている。我の術は力が違いすぎて使えぬ。何か手はないか」

『なんと、琥珀殿が……?　様子を見せてたもれ』

月草の言葉に、浄吽は琥珀を見つめる。浄吽の見るもの聞くものすべてがそのまま月草に伝わっており、月草はそれで大体のことを摑んだ。

『祭礼が終わり次第駆けつけまするが、取り急ぎ、陽殿には琥珀殿のおそばで添い寝を。陽殿がお持ちの妖力を少しずつ琥珀殿に移し、わらわが参りますまでそれで持たせまする。今より呪符の作り方をお伝えいたしますゆえ、龍神殿、その呪符を陽殿と琥珀殿にそれぞれ持たせてくだされ』

「分かった」

龍神は空中に指先で文様を描くと、そこから筆と呪符用の紙を取り出した。そして月草が伝えてくる呪符を作り上げる。

そして作り上げた呪符の一つを琥珀の懐に入れ、もう一つを陽の手に握らせる。

『陽殿、わらわもすぐに参ります。それまで、琥珀殿について差し上げてくだされ』

浄吽を通じて声をかけてくる月草に、陽は泣きながら頷いて、

「つき…っさ、さま……、…っゃく、きて」

月草に早く来てくれるよう、乞う。

『ああ、陽殿…。必ずすぐに参りますゆえ、今しばしお待ちくだされ。浄吽、阿雅多、皆をしっかりと守るのですよ』

月草はそう言うと、浄吽との同調を解いた。

「さ、陽殿、琥珀殿のおそばに」

いつも通りの声に戻った浄吽が陽を倒れている琥珀の隣に寝かしつける。

「布団、かけたほうがよくないか。体が冷えちまうのも、よくないだろうし」

阿雅多が言うのに、涼聖が腰を上げた。

「持ってくる、ちょっと待っててくれ」

そう言って琥珀の部屋に急ぎ、押し入れから掛け布団を取ってきて居間に戻る。

そして琥珀と、そのそばにぴったりと寄り添って体を横たえている陽にかけた。

陽はしゃくりあげながら、片方の手でぎゅっと呪符を、そしてもう片方の手で琥珀の手を摑んで添い寝していた。

そんな陽のすぐそばで一緒に添い寝をしながら、

「だいじょうぶです。つきくさどのも、すぐきてくださいます」

シロが慰《なぐさ》めるように言う。

それに陽は頷くが、涙が止まらないままだ。

重苦しい空気の中、

「おまえたち、弦打《つるう》ちを」

龍神が阿雅多と淨吽に視線を向け、言った。

その言葉に、阿雅多と淨吽はすぐさま立ち上がり、龍神がさっきしたように空中に何かを描き、
そしてそこから弓を取りだした。

「龍神、何かが襲ってくるのか？」

弓は立派な武器だ。

それを取りだしたということは、何かが襲ってくるのかもしれない。

しかも、涼聖では太刀打ちできないモノが。

最悪の事態を思って覚悟を決めようとした涼聖に、

「何も来ぬ。弦打ちをさせるだけだ」

龍神は短く言い、

「まよけです。つるをはじくおとは、いにしえより、まをはらうといわれております」

シロが説明する。

「琥珀が倒れたことで、結界が揺らいだ。今は我が補っておるが、揺らぎに気づいたものが乗じ

て来るとも知れぬからな」

ビィン…、ビィンと阿雅多と浄吽が弓の弦をはじく音が居間に響く。

その音を耳にしながら、涼聖は無力感に苛まれてた。


月草が来たのは一時間半ほどすぎてからのことだったが、祭礼が終わってそのまま駆けつけてくれたらしいのは、いつも香坂家に来る時や、そして神社を訪ねていった時とは違う衣装と装飾品を身につけていたことで分かった。

「遅くなって済みませぬ、許してたもれ」

謝りながらすぐに琥珀の許に近づき、状態を読みとる。

「……これは…」

月草はそこまで言って言葉を呑み込んだ。

口にすれば、今もまだ目に涙を滲《にじ》ませている陽をもっと不安にさせると分かっているからだろう。

月草はそっと目を閉じ、手を合わせたあと、何かを練るように動かした。すると手の間から半透明の湿布のようなものが現れた。

「月草さん、それは?」

涼聖が問う。

「これは、お預かりしている陽殿の力を練って作った貼り薬でございます。琥珀殿の魂に裂け目ができてそこから気が漏れておりまするゆえ、これを貼り、一時的にですがふさぎまする。それから陽殿の力を少しずつ注いで参ります」

月草は説明しながら、作った貼り薬を琥珀の胸の上に置き、そっと自分の手のひらを添えて何かを念じた。その瞬間貼り薬がすうっと琥珀の体に吸い込まれるようにして消えた。

「……よいようです。あとは琥珀殿の負担にならぬように少しずつ力を送りまする」

そう言ってから、月草は琥珀の傍らに横たわる陽の頭を優しく撫でた。

「陽殿、よう頑張られましたな。もう起きても大丈夫でございますよ」

「つき…くさ、さま……」

月草の言葉に、陽は琥珀を気遣いながら、体を起こした。

その陽を月草は膝に抱き上げる。

「つきくささま……っ」

安堵したのか、陽はずっと涙目のままだったが再び涙を溢れさせて泣きじゃくった。

誰もが不安だったが、幼い陽の不安は人一倍だっただろう。

陽が落ち着くまでは誰も何も言わず、ただ黙っていたが、陽が落ち着いたのを見計らって口を開いたのは涼聖だ。

「さっきので、琥珀はもう大丈夫なのか？」

それは一番気になるところだ。涼聖の問いに陽も月草を見て、返事を待つ。

だが、月草は頭を横に振った。

「急場を凌ぐための処置にすぎぬとお考えくだされ。大きな裂け目は今は閉じておりまするが、急に圧をかけるわけにもいかず、陽殿からお預かりしている力も少しずつしか注げませぬ。それゆえもしかすると数日は寝たままかもしれませぬ」

「数日で、目を覚ますのか？」

「妖力がある程度注がれれば、必ず。ですが先ほども申しましたように、急場を凌ぐ処置にすぎませぬゆえ、しかるべき場所での治療が必要となりましょう」

月草の言葉に、涼聖は小さく息を吐いた。

「……実は、琥珀はあと十日ほどしたら本宮に行く予定になってたんです。今は伽羅がその準備で本宮に行ってて」

それに月草は頷いた。

「伽羅殿より不在にする旨はお聞きしておりまする。……わらわのほうより、伽羅殿に連絡を入れておきましょう。何らかの異変は感じておいででしょうが、お戻りになるのは叶わぬと思いますゆえ」

陽に詳しいことは伝えないということもおそらくは聞いているのだろう。月草はある程度ぼやかして答えた。

だが、その月草の言葉を聞いて、また陽は頬に涙を落とした。

「きゃらさんがいないあいだ、ボクがこはくさまをまもらなきゃいけないのに……な……にも、でき…っ…く、て……」

「そのようなことはございませぬ。陽殿はよう頑張られました」

「そうだぞ、陽。おまえがいなかったら…琥珀は月草さんが来てくれるまで、持たなかっただろう。俺のほうが、何もできてない」

涼聖も言うが、涼聖は何もできないといっても人間だ。そして医者として多くの人を助けている。それに比べて、自分は子供だからということもあるが、何もできず、そしてどうしていいかも分からないのだ。

そのことが、つらかった。

「何もできぬのは、我とて大差ない。むしろ『何かできる』者のほうが少ないことが多いのだ」

龍神はそう言うと、視線を月草に向けた。

「月草殿がおいでならば、我がおらずとも大丈夫であろう。もしもの場合に備えて、我は風呂場にいる」

「そうでございまするな。今日はもうこのままこちらにおりまするが、明日以降は龍神殿に代わってもらわねばなりませぬし」

龍神は頷くと、

「陽、そなたも部屋に戻ってしばし休んでおけ。琥珀に力を注いで、疲れがあるはずだ。不測の事態に備えて休める時に休んでおくのも大事なことだ」

陽に声をかけ、それにシロも頷いた。

「はるどの、りゅうじんどののおっしゃるとおり、いますこしへやでやすみましょう」

「でも……」

琥珀のことが心配で陽は琥珀を見つめるが、

「わらわがついておりまする。陽殿まで何かあれば、琥珀殿がお目覚めになった時に合わせる顔がございませぬ。しばしお部屋に」

月草にも促され、陽は月草の膝の上から立ち上がった。

「じゃあ、おへやにいるね……」

「坊主、俺がついてようか？」

月草が来たときに、弦打ちをやめていた阿雅多が声をかける。

「ううん、だいじょうぶ……。あにじゃさんは、こはくさまについてて」

陽は眉根を寄せて言うと、自分の部屋に戻った。

襖戸一枚隔ててあるだけだが、その襖戸一枚の隔てが、今の陽にはとてつもなく厚いものに思えて仕方がなかった。

陽は戻った部屋でしばらくの間、畳に横になっていたが、気が立っていて少しも眠れないし、じっとしていられなくなった。

——ボクにできること……。

今の自分にでもできることはないだろうかと必死で考える。

誰かが病気だったり元気がなかったりした時、琥珀はどうしていただろう。

いろいろなことを思い出して、陽はあることを思い出し、起き上がった。

「はるどの？」

不意の陽の動きにシロが声をかける。

「シロちゃん、ボク、おやまへいってくる」

「やまへ？　なにようで？」

「やくそうをとりにいくの。こはくさまが、まえにボクがびょうきになったときに、やくそうをとってきてくれたの」

まだ琥珀と山の上の祠で暮らしていた頃だ。

陽が体調を崩した時、琥珀が採ってきた薬草を与えてくれた。

とても苦い薬草だったが、陽はそれで元気になったのだ。

「ならば、われも、ともにいきます」

陽が山に慣れていることはシロとて充分知っている。

しかし、今の陽を一人で山へ向かわせるのは心配だし、何より、陽とは集落に行く時以外は大体一緒だ。

「シロちゃん、ありがとう……」

陽はシロに礼を言い、山へ行く支度を始めた。

5

すこしおやまにいってくる、と、ちゃんと涼聖に言って、陽とシロは山にやってきた。

こんな時に、と言われるかもしれないと思ったが、涼聖は何かを察したらしく、

「気をつけて行ってこい。あと、この時季はすぐに暗くなるから、そうなる前に戻ってくるんだぞ」

そう言って送り出してくれた。

そして、予定通りに薬草を採りにシロと一緒にやってきた陽だが、思っている薬草は時季が違うのか、なかなか見つからなかった。

「ここにもない……もうすこしおくにになら、あるのかな」

必死で陽は、どんどん山の深い場所へと足を進める。

とはいえ、陽にとってはよく知った場所で、迷子になる心配はない。

その陽が纏う赤いフードのマント——北原が作ってくれたあの手編みのマントだ——の肩に座ったシロは、

「あそこにきのこがあります」

「あ、ほんとだ……」

「しゅんのものは『き』がつよく、じようにいいのです」

シロの言葉に、陽は琥珀も以前同じようなことを言っていたのを思い出した。

――旬のものを食すことは、体にもよいし、気の巡りにもよい――

山にいて、いわゆる「食事」をあまり取らなかった頃だ。

食べても大丈夫なものを、琥珀はいろいろと教えてくれた。

その時の琥珀の姿と、今、家で眠っている琥珀の姿が交互に思い出されて、陽は泣きながら山菜を持ってきた籠に集めていく。

「……こはくさま…」

その陽の姿を少し離れた木の陰から見ている男の姿があった。

――領内の気が乱れていると思って来てみれば……あの稲荷に何かあったか…。

赤い目に陽の姿を映しながら、男は胸のうちで呟く。

陽と琥珀の間に深い絆が結ばれていることは容易に感じることができていた。

領内に満ちていた琥珀の気が乱れ、それを覆うように異質な力が混じっている。おそらくは龍神族のものだろう。

そして、泣きながら一人で山にいる陽とくれば、琥珀の身に何かが起きた、ということは明白だった。

――隙に乗じるのは鉄則だが……。

とはいえ、龍神は厄介だ。『藪《やぶ》をつついて蛇《へび》を出す』以上の騒ぎになることは目に見えている。

――こういうのは、隙とは言わねえな。

男がそう思った時、

「はるどの、だいじょうぶです。しんぱいはいりません」

またしゃくりあげ始めた陽にシロが声をかけた。

「でも…、こはくさ…っ…おかぁ、まっしろ、で……」

そのまま陽は顔を両手で覆い泣き出す。

木の陰にいた男は、聞こえてきた声に耳を疑った。

――この声……。

思わず動揺し、一歩踏み出した瞬間、足元にあった枝を踏み折った。

ぱきん、と小さな音が、静かな山に響く。

その音に陽は気づいた。

「だれか、いるの？」

ハッとして顔を上げ、注意深く周囲を見回す。その様子に、

――あの声は……。

聞こえてきた声に信じられぬ思いを抱きながらも、さっと姿を消した。

「だれもいないようです。どうぶつのしわさでしょう」

同じように周囲を見回していたシロが陽に言い、陽も同じ結論に達した。

「うん、たぶん……。もうすこしだけおくまでいって、おうちにかえろ……?」

「そうですね。ひがおちるまえにもどるようにといわれておりますから」

木々の間から見える日の光は、ずいぶんと赤い。

夕焼けの時刻なのだ。

陽とシロはもう少しだけ奥まで探索をしてから、山を下り、家に戻った。

家に戻った陽の籠には、目当ての薬草はなかったものの、きのこをはじめとしたいろいろな山菜があった。

「まあ…どれもよいものばかりでございますな」

持ち帰った山菜を見て月草が言う。

「ほんとうは、こはくさまにやくそうをとりにいったの。でも、なくて……。まえにこはくさまがしゅんのものは、からだにいいって、だから……」

陽の言葉に、その場にいた全員が琥珀への気持ちに感動した。

「そうか……、きっと、琥珀は喜ぶぞ」

涼聖がそう言って陽の頭を撫でる。

「ほんとうに?」

「ええ、きっとお喜びになりまする」

微笑んで言う月草に、

「じゃあ、これ、こはくさまにおりょうりしてあげて」

陽がお願いをする。

だが、その願いに月草は微笑みを張りつかせたまま、固まった。

「……料理、でございますか」

「うん！」

即返答の陽と、その返事に固まったままの月草の様子から、涼聖は察した。

――あ…料理無理なんだな。

そっと阿雅多と浄吽に視線を向けると、二人は頷いた。

無理もない。

月草も基本『食事』は必要のない身だろうし、そもそも「お世話をされる側」の立場だ。

スーパー主夫のようになっている伽羅にしても、本来はそっちの立場の人間で、集落に来てから家事に目覚めたというだけだ。

とはいえ、ここで『月草は料理ができない』などと、彼女の沽券《こけん》に関わるようなことを言ってはならないのは涼聖にも分かる。

「陽、月草さんには琥珀を見ててもらわなきゃならないし、山菜ってのはあく抜きとかいろいろ手間がかかるんだ。今は琥珀のことに専念してもらおう」

涼聖がそう言うと、陽は納得したように頷いた。

「じゃあ、りょうせいさん、これ、おりょうりできる？」

「いや、ちょっと難しいな」

「あにじゃさんと、おとうとぎみさんは？」

次に陽が視線を向けたのは狛犬兄弟だ。だが二人とも残念そうに頭を横に振った。

「すみません、ちょっと……」

浄吽が申し訳なさそうに言う。

「じゃあ、どうしよう……」

せっかくとってきたのに、と視線を落とした陽に、

「陽、落ちこむな。集落のおばあちゃんなら、山菜料理はお手のものだろう。今から一緒に頼みに行こう」

涼聖は提案する。

それに陽は気を取り直したように明るい顔を見せ、頷いた。

「うん！」

「じゃあ、善は急げ、だ。すみません、俺、陽と一緒に、ちょっと集落に行ってくるんで……留守、頼めますか？」

涼聖が言うと、月草はほっとした様子で頷いた。

「しかと、留守居役務めまする。お気をつけて」

月草に送りだされ、涼聖と陽は山菜の入った籠を持ち、車で集落へと向かった。

二人が向かったのは、永井《ながい》カヨのもとだ。

集落の住民の大半は山菜料理をよく作るが、永井はその住民たちが教えを請う腕前なのだ。

診療所が休みの日に訪ねてきた涼聖と陽に、永井は少し驚いた顔を見せた。

「若先生に、陽ちゃん。どうしんさった？」

「実は、陽が山で山菜をいろいろ採ってきたんですけど……料理ができなくて」

「おばあちゃん、おりょうりじょうずだから、つくってほしくてきたの」

そう言った陽が泣きはらしたような目をしているのに、永井はすぐに気づいた。

「あらあら、陽ちゃん、泣いとったんね？　なんかあった？」

永井は玄関の上がり框に膝をつき、陽の頬を両手で優しく包むようにして問う。

「実は、疲れてたみたいで琥珀が倒れて、それで心配して」

本当のことなど言えなくて涼聖は適当に説明する。

「琥珀ちゃんが？　大丈夫なの？」

「ええ、疲れがあっただけみたいなんですけど……それで陽が琥珀が早く元気になるようにって、山へ行ってこれを採ってきたんです」

陽が琥珀のために採ってきたのだと知ると、永井は感動した様子を見せた。

「そうじゃったんね。陽ちゃんは、ほんとに優しい、いい子じゃねぇ。おばあちゃん、張り切っておいしいもの作ってあげるからね。きっと琥珀ちゃん、すぐに元気になるよ」

永井がそう言うと、陽は泣きはらした目でそれでも嬉しそうに笑みを浮かべた。

「ありがとう、おばあちゃん。あのね、いっぱいあるから、おばあちゃんも、たべてね」

「おすそわけしてくれるんね。ありがとう」

永井は陽の頭を撫でてから、ゆっくりと立ち上がり、涼聖を見た。

「そうは言うても、あく抜きしんといけんから、料理ができ上がるのは明日の朝になるんじゃけど……」

まさか明日になるとは思わなかった陽は少し不安そうな顔をしたが、

「お手間をおかけしますが、よろしくお願いします」

頭を下げて頼む涼聖に合わせて、陽もぺこりと頭を下げた。

「おねがいします」

「ええんよ、そんなにせんでも。じゃあ、明日、お料理できたら診療所へ持っていくわね。それまでちいっと待っててね」

微笑みながら言う永井に、ありがとうございます、と言って涼聖と陽は永井の家をあとにした。

再び、車に乗って家路についた涼聖は、後部座席のチャイルドシートにいる陽に声をかけた。

「永井のおばあちゃんが、料理、引き受けてくれてよかったな」

それに陽は、うん、と頷いたが、

「こはくさま……たべられるようになるよね…」

料理ができても、琥珀が目を覚まさなければ食べてもらうこともできないのだ。

そう思うと、不安で、また陽はグスグスと泣き出した。

しばらく本宮に行くから離れ離れになる、というだけでも泣いていたのだから、今の状況は不安で仕方ないのだろう。

「大丈夫だ。そのために月草さんも来てくれてるし、龍神だって風呂場で待機してんだから」

陽が山菜を採りに行っている間、龍神は酒を所望してきた。

琥珀が意識を失ったことで領内に気の緩みが出て、それを龍神がカバーしているのだが、いかんせん力を取り戻している最中の龍神は、力のコントロールが安定しないらしい。

安定させるためには手っ取り早い力の補給が必要で、それには酒がいいらしい。

正直、普段の龍神を知っているだけに、酒を飲むもっともらしい口実にしてるんじゃないかとも思ったが、とりあえず純米酒の一升瓶《いっしょうびん》とコップを渡しておいた。

大吟醸《だいぎんじょう》があっただろうと言ってきたが、そこはガン無視した。

「自分でできることをちゃんと考えて、しっかり頑張れる陽はえらいぞ。今日も琥珀のためにいっぱい頑張ったな」

涼聖は陽を褒める。

実際、陽は褒められるに値することをしている。

それに比べて、何もできていないのは自分だとも思う。

「……ボク、はやくおおきくなって、こはくさまとか、りょうせいさんのこと、もっとちゃんとおてつだいできるようになりたい……」

陽は自分の無力感からか、小さく呟くように言った。だが、

「気持ちは分かるけど、急いで大きくならなくていいんだぞ」

涼聖は陽の気持ちに理解をしつつも、そう返す。

「…どうして？　おおきくなったら、もっといっぱいおてつだいできるとおもうし、きゃらさんみたいにはむりかもしれないけど、おりょうりつくったり、それに、たかいところに、おせんたくもの、ほしたりもできるよ」

「そうだな。確かに大きくなったらできることは増えるな。……けど、おまえはおまえのペースで、いろんなことを考えて、感じて、順番に大きくなっていくのが一番いいんだ」

何かを急げば、何かを取りこぼす。

結果を急ぐあまり、大事な何かを失ってしまうということも珍しくはないのだ。

「でも……」

陽は納得ができない様子で何か言いたげだが、

「それに、大人になったら、いろいろつまらないぞ？　琥珀の膝の上に座らせてもらえなくなるし、添い寝して絵本読んでもくれなくなるだろうな。もう、大きくなったんだから、一人で眠れ

るだろうって。伽羅もよく『子供のような真似をするな』って言われてるだろう？」

実例として伽羅の名前を挙げられ、実際に伽羅が琥珀から「大人なのだから」といろいろなことをすげなく断られている場面を見ている陽は、眉根を寄せた。

「……あたま、なでてもらうのも、だめなの？」

「今みたいにしょっちゅうは無理だろうなぁ。伽羅もねだってねだって半年に一回とか、そんな感じだろ？」

リアルすぎる例に陽は本気で困った顔をする。

「あたまなでてもらえなくなるの、やだ……。でも、はやくおとなになって、いまよりもっとちゃんと、おてつだいしたい」

どうしよう、と思案顔の陽の様子をバックミラーで見ながら、涼聖は微笑み、家路を急いだ。

6

その夜、琥珀が意識を取り戻すことはなかった。

とはいえ、裂け目が新たに開いて気が漏れている気配があるわけではなく——龍神も月草も、もともと白狐が言っていたような『気の漏れ』は感じていなかったので、漏れているとしても龍神たちが気づかない程度のものだろう——様子も安定しているため、あとは妖力が満たされれば、意識が戻るはずだというのが、龍神と月草の見立てだった。

龍神は引き続き風呂場で、もしもの事態に備えつつ家を守り、月草も時間の許す限り香坂家に残ってくれたが、自身の神社の毎日の仕事があるため、陽のことなど心残りがありつつも、夜中にそっと帰っていった。

朝になっても琥珀は眠ったままだった。

本当は琥珀の自室に布団を敷き直してそちらに移してやりたいが、琥珀の意識が戻るまでは不用意に動かさないほうがいいとのことで、最初に倒れた居間の畳の上に、一応体はまっすぐに伸ばしているが、布団をかけられただけの状態だ。

その琥珀の傍らに、陽はちょこんと座って、注意深く琥珀の様子を見つめていた。

朝食もピーナッツバタートーストという、陽が好きなメニューではあるが、一番簡単なものですませて、ずっと琥珀のそばにいるのだ。

そんな陽の様子を、涼聖と、そして月草にここに留まって涼聖と陽を守るように言われた狛犬兄弟はそっと見つめる。

「陽、おまえ、今日は家で留守番してるか？」

涼聖は自分が朝食を終えると、陽の隣に軽く膝をついて聞いた。

「え……？」

「琥珀のこと、心配なんだろう？」

何ができるというわけではなくても、そばにいたい。

陽がそう願っているだろうということは、分かる。

涼聖も同じ気持ちだからだ。

だが、涼聖は診療所での仕事がある。それを休むわけにはいかなかったが、陽が望むなら、家にいさせようと思ったのだ。

しかし、陽は頭を横に振った。

「ううん……いく」

「無理しなくていいんだぞ？」

涼聖のその言葉に、陽は、

「ながいのおばあちゃんが、こはくさまのおりょうり、もってきてくれるかもしれないから、いく」

と返してきた。

「そうか。おばあちゃん、作ってきてくれるって言ってたもんな」

頷く陽の頭を涼聖は撫でると、

「よし。じゃあ、着替えて、行く準備しよう」

そう声をかけ、立ち上がると、自分の身支度のために居間を出た。

一瞬、陽を手伝ってやったほうがいいのだろうかと思ったが、陽は身支度は、自分でできる。

こんな時だからこそ、いつも通り、自分でさせることとした。

そして留守を狛犬兄弟とシロ、そして風呂場の龍神に任せ、陽と一緒に診療所に向かった。

診療所の開所作業を陽にも手伝ってもらい、いつもの時間に開けることができた。そして、最初にやってきたのは、昨日山菜料理を頼んだ永井だった。

「これ、昨日頼まれとったおかず。倒れたって聞いたから、揚げものはどうかと思って、炊きものが多いんじゃけど、よかったじゃろうかねぇ」

昨日渡した山菜に、永井が他の野菜を付け足して作ってくれた料理が、二段の重箱に詰められていた。

「おいしそう！　おばあちゃん、ありがとう！」

礼を言う陽の頭を、永井は目を細めながら撫でる。

「ええんよ。おばあちゃんも、おすそわけにいろいろもらったから。こっちこそおいしいものいただいて、ありがとうねぇ」

「すみません、お手数をおかけして。ありがとうございます」

涼聖も礼を言う。それに永井は微笑んでから、

「琥珀ちゃん、様子は？」

いつもなら受付にいる琥珀の姿が見えないので、まだ具合が悪い、と察した様子だ。

「昨日よりはいいんですけど、琥珀は、すぐに無理を押しとおす傾向があるんで、とりあえずしばらく寝てろって言ってあります」

意識が戻っても、すぐ診療所に来ることは難しいだろう。

琥珀は来ると言うかもしれないが、させないと決めていた。

「そうじゃねぇ。琥珀ちゃんは真面目で頑張り屋さんじゃから。親戚の人が倒れられたんじゃろう？　いろいろ心配で心労もあったんじゃろうかねぇ」

伽羅の不在と、このあと不在になる琥珀の言いわけのための嘘を、永井はいいように解釈してくれて、そのことに涼聖は安堵し、

「そうかもしれません。今、向こうに行ってる伽羅から、あんまり心配はないようだって連絡は来てるんですけど」

当たり障りのない返事をする。

琥珀が倒れたことは当然、伽羅にも連絡済みだ。

というか、伽羅も何かが起きたことは感じていたが、気の調整は繊細な作業らしく、それをやりながらこちらの様子を探ることはできなかったらしい。

月草からの連絡を受けて飛んで帰りたそうな様子だったが、今戻ると、気の調整がまた一からになることと、月草からも、戻ってもできることはない、と言われて、本宮で作業を続けている。

『一日でも早く琥珀殿を本宮に迎えられるように、最善最速を尽くしてますから！』

という伝言を月草に託してきた。

「伽羅ちゃんもおらんし、琥珀ちゃんもしんどいし、陽ちゃん、心配じゃろ。早う、琥珀ちゃん、ようなってくれたらええね」

永井は陽を気遣う言葉をかけてから、帰っていった。

それから少しすると患者がやってきて、診療が始まった。

涼聖が一人で切り盛りすることになって、いろいろ手間取って待ってもらう時間が長くなってしまったが、琥珀が不在だから仕方がない、とみんな納得してくれて、怒りだすような患者は一人もいなかった。

それどころか、琥珀の不在理由を知って、自分たちも体調が悪いから診療所に来ているのに琥珀の心配をし、そして陽のことも気にかけてくれる。

そんな集落の人たちの掛け値のない優しさに、涼聖は感謝するのと同時に、もう琥珀も陽も、しっかりとこの集落の人間になっているのだということを改めて思った。

◆◇◆

なんとか一人で午前中の診療を乗り切った涼聖は、昼休みになると陽と一緒に永井が作ってくれた山菜料理を持って家に帰ってきた。

居間には狛犬兄弟とシロ、そして風呂場から出てきた龍神がいた。

「龍神、風呂から出てていいのか？」

「今、水を替えておるところだ。すぐ戻る」

龍神はそう言ってから、琥珀へと視線を向けた。

「琥珀であれば、まだ意識は戻っておらぬが、状態は安定している。微量であれば分からぬが、大量に気が漏れている感じはせぬゆえ、新たに傷が開いたり、閉じた部分がまた開いているということもないだろう」

「そうか……」

涼聖は短く言葉を返したが、

「りゅうじんさま。こはくさまは、いつ、めがさめますか」

陽はそこが一番気になるらしく、聞いた。

「そうだな……。昨日からの妖力の補充量を考えれば、今夜か、遅くとも明日には意識が戻るだろう」

「こはくさま……」

陽は布団の中にある琥珀の手に自分の手を重ねてぎゅっと握る。

「はるどの、だいじょうぶです。りゅうじんどののおみたてであれば、きっとまちがいはありませんから」

シロが声をかけ、

「そうですよ、陽殿。琥珀殿はすぐお目覚めになります」

浄吽も言う。

「シロちゃん、おとうとぎみさん……」

互いを気遣い合う美しい光景の中、

「ところで涼聖。そこの風呂敷包みはなんだ。何やらうまそうな気配が漂ってきているが」

龍神が、持ち帰った山菜料理の詰まった重箱の包みを指差す。

「これは昨日、陽が琥珀のために採ってきた山菜を料理してもらったんだ。琥珀が起きたら食べさせたいって陽が言ってな」

琥珀のために、の部分をやや強調して涼聖は言う。

なぜなら龍神が言いだしそうなことは、簡単に想像がついたからだ。

龍神も、涼聖の言葉の中に含まれた牽制にはすぐに気がつき、

「なるほど……。では琥珀が目覚め、食した後、我も相伴にあずかるとしよう」

一応琥珀が先に食べてから、という気遣いを見せたものの、自分も食べるつもりであることを口にする。

「琥珀は人がいいっつーか、神がいいから、断らねぇと思うけど……龍神、遠慮って言葉をちゃんと機能させせろよ」

念押しする涼聖に龍神は頷くと、立ち上がった。

「そろそろ水が入った頃だろう。我は風呂場に戻る」

「ああ。見えねえとこで、いろいろやってくれてんだろ？　助かる」

涼聖が礼を言うと、龍神は何も言わなかったが、ただ唇の端を上げ、ふっと笑うと風呂場へと戻っていった。

復活のために力を溜めている最中の龍神が、琥珀の代わりに領内の守りをカバーしている。そのことが、龍神にどの程度の負担になっているかは分からないのだが、正直、ありがたいと思う。

——落ち着いたら、あいつに酒、差し入れるか……。

そう思った涼聖に、

「りょうせいさん」

陽が声をかけた。

「ん？　どうした？」

視線を向け問うと、陽は、

「あのね、こはくさま、よるにはおきるかもって、りゅうじんさま、いってたでしょう」

「ああ」

「こはくさまがめをさましたときに、おそばにいてあげたいの。だから、きょうはこのまま、いえにいるね」

いいか、と聞く形ではなく、はっきりと自分の気持ちを口にした。

「そうだな。目が覚めた時に陽がいたら、琥珀は安心するだろう。俺は診療所に行かなきゃいけないけど、陽は琥珀についててやってくれ」

涼聖が言うと、陽は、うん、と頷いた。

それに笑いかけてやってから、涼聖は時計を見た。

午後の診療まではまだ時間があるが、午前中の患者のカルテの整理をちゃんとしないままだったので、早めに戻ったほうがいいだろう。

――あと、十分くらいしたら戻るか……。

涼聖がそう思った時、携帯電話が鳴った。

画面を見てみると、それは倉橋からの電話だった。

「はい、香坂です。先輩、どうかしましたか?」

『どうもしないというか、診療所にいないようだけど、往診中だったか?』

「いえ、今、家に戻ってます」

「家に? ああ、伽羅さんがいないから洗濯物でも干しに戻ったとか?」

伽羅が不在であることは一応倉橋にも伝えてある。

理由は、対淡雪の貴重な戦力である伽羅の不在は、巡り巡って倉橋の負担になることもあるし、何より倉橋と橡とのやりとりの中継と、倉橋が橡のところに行く際のサポートを伽羅が行っているからだ。

「いえ……実は昨日、琥珀が倒れて」

『え……? 琥珀さんが?』

驚いた様子の倉橋に、

「俺にどうしてやることもできないんですけど、ちょっと様子を見に帰ってきたんです、でも、もう、診療所へ戻りますから」

涼聖がそう返すと、倉橋は『どうしてやることもできない』という言葉から、医者として解決できない事柄が起きたことを理解したらしい。

『そうか。……もう、戻ってくるなら、このまま、診療所で待ってるよ』

「分かりました。じゃあ、すぐに出ます。またあとで」

涼聖はそう言うと電話を切った。

「じゃあ、俺、そろそろ診療所に戻るな」

立ち上がった涼聖を陽が見送ろうと立ち上がりかけたが、

「ここでの『いってらっしゃい』でいいぞ。琥珀についてってやってくれ」

そう声をかけると、陽は座りなおして、シロと一緒に「いってらっしゃい」と見送りの言葉を口にした。

その陽に代わって玄関まで見送りにきたのは狛犬兄弟の兄、阿雅多だ。

「坊主のことはちゃんと見てるんで、安心してください」

「ありがとう。……二人も本来の仕事があるのに、悪いな」

「いや、坊主に何かあったら、そのほうが月草様には一大事っていうか、〝神〟事不省に陥って仕事どころじゃなくなるんで……」

月草の陽の溺愛っぷりを考えると、まったく冗談ではない言葉に、涼聖は苦笑しながら、

「どっちにしても、ありがたいよ。じゃあ、頼む」

そう言って家をあとにした。


診療所に戻ってくると、倉橋が玄関前で待っていた。

「お待たせしてすみません」

「いや、そんなに待ってないっていうか、一度家に戻って着替えてきたから、俺も今、来たところだよ」

道路の開通がまだなので、交通の便の関係上、倉橋のシフトは二日病院にいて、翌一日休みというシフトのままだ。今日はこのまま休みなのだろう。

「これ、病院でもらったお土産のおすそわけ。陽くんとシロくんにと思って持ってきたんだ」

倉橋はそう言って、包装されていない菓子箱を涼聖に差し出した。

「いいんですか？」

「うん。いろんな人からもらったのがごちゃ混ぜに入ってるけどね。後藤《ごとう》さんも俺も、甘いものはそんなに食べないから」

「ありがたくいただきます」

礼を言って受け取った涼聖に、

「琥珀さん、大丈夫なのかい？　ちょっと詳しい話聞いてもかまわないか？」

倉橋は聞いた。

「ええ。どうぞ、中、入ってください」

涼聖は診療所の鍵を開け、倉橋と一緒に入った。

そして、奥の台所に向かうと、自分も飲みたかったからだが、コーヒーを淹れ、それを出してから話し始めた。

「もともとっていうか、前に琥珀は瀕死《ひんし》の重傷って状態になったことがあるんです」

「瀕死……。神様でも、そういうことってあるのか？」

倉橋は『神』という存在に対して『死』という概念があるのが不思議なようだった。

「死ぬっていうか、消滅するってほうが近いんだと思いますけど……人間と違って、魂だけの存在らしいんです。目に見える形を取るのは特別っていうか……」

「俺たちは特別な姿を見せてもらってるわけか。じゃあ、陽くんもそうなのかい？」

「陽は……どうなんでしょう？　まだ子供だし、神様未満の存在だから…そのあたり気にしたことなかったな…」

そんな涼聖に、香坂らしいよ、と言ってから、

「まあ、俺も大して橡さんや淡雪ちゃんの、生命体としての存在方法みたいなものは気にしたことなかったけどね。考えても人間に応用できなそうだし」

やはり倉橋らしい言葉を返してから、

「それで、本来の目に見える形をとらない琥珀さんたちの『死』って？」

話を戻してきた。

「えっと、なので、魂魄《こんぱく》って概念を教えられました。魂がメンタルで魄がフィジカルで、琥珀たちには魂にダメージを食らうとマズいんです。主にそっちに偏った存在なんで……。前に騒動が

あった時に琥珀は魂が破れた状態になって、その修復箇所に今回、何かあったらしくて魂の裂け目から気が漏れて……」

「人間でいうと大量出血、みたいな？」

倉橋は自分でイメージしやすい形に変換した。

「そうですね。……陽の力が琥珀とかなり近いので、いろいろあって陽の力はある程度溜まると、月草さんって神様が吸いとって預かってくれてるんですけど、それを今、注いでもらってるんです。今夜か明日には目を覚ますだろうって見立てなんですけど……」

「なるほどね……。でも、目を覚ましてもすぐに元気にってわけじゃないんだろう？」

倉橋の問いに涼聖は頷いた。

「見えない部分の傷のことなんで、俺には何とも言えないんですけど、多分。もともと、琥珀はその古傷を治しに、本宮ってとこに戻る予定だったんです。伽羅は、準備のために本宮に戻ってて」

「伽羅さんはそれでいなかったのか」

「ええ。……なので、伽羅が戻り次第、琥珀を本宮へと思ってます。それまでは家で養生させるつもりです」

かなりかいつまんだ説明だったが、倉橋はそれで納得したというか、いろいろと突っ込んで聞いてくるつもりはなさそうだったが、

「香坂、おまえは大丈夫か？」

涼聖の様子を窺《うかが》ってきた。

「俺ですか？」

「琥珀さんがそんな大変な状態で……メンタル的にキツいだろ」

倉橋の言葉に涼聖は眉根を寄せた。

「そうですね……。できることが何もないっていうのは一番キツいですね」

「そうだな」

倉橋は短く同意してから、コーヒーを口にした。

それに合わせるように涼聖もコーヒーを口にして、半分ほど互いに飲んだところで、倉橋が再び口を開いた。

「琥珀さんも伽羅さんもいないんじゃ、おまえ、今日は診療所どうしてたんだ？」

「俺が一人で受付と診察してました。みんな事情を理解してくれてるんで、ちょっと待ってもらう時間は長くなりましたけれど、なんとか」

涼聖の説明に倉橋は頷いてから、

「じゃあ、とりあえず夕方からの診療は俺が手伝おう」

そう申し出た。

「え……、ダメですよ、先輩、仕事が終わって戻ってきたところでしょう？　家に帰って休まないと」

「明日の夜まで休みだ。診療所が終わってからでも充分休める。で、香坂、診察と事務、どっちを手伝う？」

笑いながら冗談めかして聞いてくる。

「本当にいいんですか？」

「ああ。で、どっちだ？」

「じゃあ、受付をお願いします」

「分かった。じゃあ、あとで仕事の流れだけ教えてくれ」

倉橋はそう言って、またコーヒーに口をつけた。

倉橋が受付にいるというレアな状態を患者たちは面白がってくれていた。

倉橋も集落で暮らして長いので、ほとんどの患者とは面識があり、受付をしながら話がはずんでいるようだった。

何の問題もなく診療を終え、最後の患者を玄関まで二人で見送ってから待合室に戻った。

「今日はありがとうございます、本当に助かりました」

「だったらよかったよ。俺もいろんな人と話ができてよかった。俺の場合、普段は患者とのふれあい、なんてないからね。基本、殺伐《さつばつ》としてるっていうか、意識のない患者さんも多いから」

「まあ、救命救急ってそうですよね」

涼聖も救命救急医だったので、倉橋の言っていることは身に沁みて分かる。

患者の命を繋ぎとめ、それぞれの病棟に送りだせば、あとは病棟医に引き継がれて基本的にノータッチだ。

「先輩も、いつかは独立とか、考えてるんですか？」

「今は考えてないね。まあ、体力的にキツい年齢になったら、異動を考えるとは思うけど……。ああ、互いに年齢も近いし、ここを共同経営っていうのはどうだ？　週の前半を香坂、後半を俺で。休みも充分とれるぞ」

笑いながら倉橋が言う。

「それ、いいかもしれませんね。互いに悠々自適で」

涼聖も笑って返す。

まったく本気ではない、ただのお遊びのような未来の話だ。

「でも、とりあえずは明日の心配だな。午前中の診療は手伝えるかもしれないが、夜は俺も病院だから無理だし……伽羅さんが戻るまで、香坂一人でっていうのは厳しいだろう？」

「そうですね。でも、やるしかないですから」

そう言った涼聖に、

「椽さん、貸そうか？」

半ば本気な様子で倉橋は提案する。

「いえ……椽さんも忙しい人だし」

広大な領地を見るという仕事だけでも忙しいのに、淡雪の世話もある。

そうだ、淡雪がいるのだ。

「淡雪ちゃんの号泣付きだと、ちょっと」

伽羅が不在の今、椽には漏れなく淡雪がついてくる。

「それもそうか。まあ、集落のおばあちゃんは子供をあやすのうまそうだけど、患者さんとして来てるのに子守を託すのも問題だよね」

「とりあえず、なんとかします」

「どうしても無理そうだったら言って。俺のほうでも何か手が打てないか考えるから」

心配してくれる倉橋にありがたいと感謝しつつ、涼聖は診療所を閉める作業に入った。

◆◇◆

家に戻り、車を玄関先まで乗り入れると、陽が玄関を勢いよく開けて小走りに涼聖を迎えに出てきた。

そして車の外でピョンピョンと跳ねながら、涼聖が降りてくるのを待つ。

涼聖がドアを開けると、

「りょうせいさん、おかえりなさい！　こはくさまが、おきたの！」

満面の笑みで伝えてくる。

走り出てきた時の様子から、何かいいことがあったのは分かっていたが、琥珀の目が覚めたのだとは思っていなかった。

「本当か？」

嘘などつくはずがないと分かっていながら、つい確認してしまう。

「うん！　にじかんくらいまえ。さっき、こはくさまのおへやにおふとんしきなおして、いまはおへやでねてるよ」

はやくおうちにはいろ、と涼聖の手を引っ張る陽に急かされるまま、涼聖は車のロックをかけて家の中に急いだ。

居間には確かに昼間まで寝ていた琥珀の姿はなく、代わりに龍神がちゃぶ台で塩をツマミに酒を飲んでいた。

「涼聖、戻ったか。琥珀は部屋だ」

「ああ、今、陽に聞いた。顔を見てくる」

そう言って陽とともに琥珀の部屋へ入る。

琥珀の部屋にはシロと、阿雅多と浄吽、そして布団に横たわってはいるが、ちゃんと目を開けている琥珀がいた。

「琥珀……」

「涼聖殿、いろいろ、心配をかけたな。すまぬ」

まだ声に張りはない。

それでも確かに、琥珀の声だった。

そのことだけで胸が詰まりそうになる。

涼聖はとりあえず、琥珀の布団の傍らに腰を下ろした。

「もう、大丈夫なのか？」

「ああ、大事ない」

そう言って体を起こそうとするが、即座に陽が制止する。

「だめ！　こはくさまは、げんきになるまで、ねてなきゃだめなの」

「陽……」

体を起こすくらいで大袈裟だと言いたげな琥珀に、

「陽の言うとおりだ。まだ、横になってろ」

涼聖は言い、阿雅多と浄吽も、うんうんと頷く。

琥珀は苦笑しながらも、再び枕に頭をつけた。

「涼聖殿、診療所は、どうした？　一人では大変だっただろう」

だが、診療所のことが気になる様子で、聞いてきた。

「午前中は俺だけだったが、みんな俺一人でやってるんだからって分かってくれて、待つことになっても、特に何も。むしろ、みんなお前の心配してた。午後の診療は倉橋先輩が手伝ってくれたから、いつも通りに」

「そうか……。倉橋殿にも迷惑をかけたのだな」

「気にするな」

「明日は、行けると思う。いつも座しておるだけだしな」

その琥珀の言葉に、涼聖、陽、シロ、阿雅多、浄吽の五人はまるで申し合わせでもしてあったかのように、揃って頭を横に振った。

「待て待て」

「ダメだよ、こはくさま！」

「そうですよ、琥珀殿」

涼聖、陽、阿雅多が矢継ぎ早に言い、

「皆さまのおっしゃるとおり、琥珀殿はまだお休みになっていなければなりません。この家の内は気が安定しておりますが、外はそうは参りませんし」

浄吽が説得を始める。

「だが……」

「なりません。ただ、家においでになる分には、龍神殿もいらっしゃいますし、微力ながら兄者もおりますゆえ、大丈夫かと。ですので、代わりに私が診療所へ手伝いに参ろうと思っております」

浄吽の言葉には涼聖も驚いた。

「え、浄吽さんが？」

「はい。本当は月草様が手伝いに伺いたいとおっしゃったのですが……」

陽目当てだな、と、大人組は全員、そう思ったが口には出さなかった。

「月草様はお忙しく、また兄者は事務能力に多少問題が。ですので、僭越《せんえつ》ながら私が手伝いに伺おうと思うのですが」

「そなたたちも忙しいであろうに、申し訳ない」

琥珀が言うのに、

「いえ、月草様から、お役に立てることがあればなんでも、と言われておりますから、どうぞお気になさらないでください」

浄吽はそう言ってから、涼聖を見た。

「涼聖殿は、それでかまいませんか？」

「ああ、助かる」

「では、伽羅殿がお戻りになるまで、お手伝いさせていただきます」

思わぬところからの助け船に涼聖はほっとする。

伽羅が戻るまで、一人でどうやって乗り切ろうかと頭を悩ませていたのだ。

その後、琥珀をゆっくり休ませることになり、五人はみんな琥珀の部屋をあとにし、龍神のいる居間に集まった。

涼聖は伽羅が作り置きしていったおかずをいくつか温めて居間に運び、酒を飲む龍神の隣で食べ始める。

そして、食事をする涼聖に、陽は嬉しそうに、

「あのね、こはくさま、ちょっとだけだけど、ながいのおばあちゃんがつくってくれたおりょうりたべたよ」

そう報告する。

「そうなのか」

「うん。おいしいって。でも、まだそんなにしょくよくないから、またあとでたべるねっていってた」

陽の表情は昼間と比べても格段に明るい。それに涼聖は安堵しつつ、陽の言葉からあることに気づいて、龍神を見た。

「だから、龍神、今のつまみは塩だけなのか？」

「そういうことだ。明日、琥珀がちゃんと食べたら、あとでつまみに飲み直す」

「おまえ、そういう配慮も一応できるんだな……。よかったら、食え」

涼聖はそう言って、小鉢に盛ってきたイワシの煮付けを差し出す。

「うむ、遠慮なく。……ああ、間もなく一升瓶が空くから、新しいのを出してくれ」

龍神は指先でイワシの煮付けを一尾つまんで口に入れたあと、もうあと少ししか残っていない一升瓶を涼聖に見せながら言う。

「……これ、渡した時、ほぼ新品だったと思うんだけど気のせいか？」

「いや？　気のせいではないが」

「おまえのアルコール依存症を疑ったほうがいいんじゃないかって気がしてきた、俺」

一日で一升瓶を空けて、おかわりを要求してくる龍神に、涼聖は項垂れる。

「かみさまはみな、おさけにおつよいですし、りゅうじんぞくのみなさまはとくにしゅごうとおききしています」

一応シロが龍神を庇うように言ってみる。

「まあ…おまえには世話になってるしな。あとで新しいの出しとく」

「大吟醸だと、もっと頑張れるぞ」

「贅沢《ぜいたく》言うな」

軽口を返しながら、涼聖は自分が軽口を返せるくらいに、精神的に落ち着いたことに気づいて、内心で苦笑した。


その夜、入浴を終えた涼聖は身支度を終えてから、琥珀の部屋に向かった。

「琥珀、起きてるか？」

声をかけると、ああ、と声がして、涼聖はそっと襖戸を開けた。

琥珀は布団の上に体を起こしていた。

「起きてて大丈夫なのか？」

涼聖は問いながら部屋の中に入る。

「ずっと寝ていたのでな。腰が痛い」

「ああ、そういうことか」

極めて平和な理由に、涼聖はほっとしつつ、

「少し話がしたいんだが、いいか？」

加減を窺う。それに琥珀は頷いた。

涼聖は琥珀の傍らに胡坐《あぐら》をかいた。

「あの日、おまえに何が起きたのか、聞いてもかまわないか？」

「……何か大きなことが起きたというわけではないのだ。領内でまだ若いイノシシが死んでいた。

死んだ理由は分からないが、急なことだったのだろう。死んでいることがまだ理解できていない様子で……魂を送る作業をしていたのだ。その時に淀んでいた気が、私の魂の脆くなっていた部分に触れて……当たり所が悪かったのだろう。魂が一気に裂けて、気が漏れたのだ」

「……そうだったのか」

「そのあとの記憶はない。目が覚めたら、陽がそばにいた」

「ああ。おまえの目が覚めた時に、そばにいてやりたいって言って……」

「そうか。陽にはまた、つらい思いをさせた。……そなたにも」

手元に視線を落とした琥珀の手に、涼聖は自分の手を重ねた。

「……おまえがいないと俺はダメになるってことは分かってた。けど、心底ダメだって、今回、痛感した」

そこまで言って一度言葉を切り、深く息を吸い込んでから、涼聖は続けた。

「伽羅は、一日でも早く準備を整えるって言ってるらしい。だから、あいつが戻ってきたらすぐに本宮へ行ってくれ」

「涼聖殿」

「俺だけじゃなく、陽のためにも、頼む」

涼聖が口にした陽の名前に、琥珀は目を伏せた。

「養い親だというのに……私は陽の力を奪ってばかりいる……」

月草に預けてある陽の力をまた自分に使わせたことを、琥珀は悔やむ。

そんな琥珀の手を、涼聖は力を込めて摑んだ。

「気にするな。……陽は育ち盛りだ。そのうち、月草さんが集めきれないってくらい、力を蓄えるようになる」

涼聖の言葉に琥珀はただ黙って、頷いた。

そんな琥珀の肩を、涼聖はもう片方の腕で抱きよせた。

「陽が、陽らしく成長していけるのは、おまえがいてこそだと俺は思ってる」

「……陽が、陽らしく、か」

琥珀が呟いたあと、しばらく沈黙が続いたが、それは気づまりなものではなかった。

触れあう場所から伝わる互いの体温が馴染んだ頃、琥珀の部屋の襖戸が控え目に叩かれた。

「……こはくさま…おきてる？」

とっくに眠ったはずの、陽の声だった。

「ああ、起きている」

琥珀が答えると、はいっていい？　と問う声がした。

「入りなさい」

琥珀が返すとそっと襖戸が開き、陽と、その肩に乗ったシロが入ってきた。

「りょうせいさんもいる……」

「ああ。どうしたんだ、陽。寝てたんじゃないのか？」

涼聖が問うと、陽は琥珀の布団のすぐそばまで来てちょこんと座った。

「ねてたの。でも、めがさめちゃって……こはくさまがしんぱいになったの」

陽はそう言ってから、涼聖を見た。

「りょうせいさんも、こはくさまのことが、しんぱいになったの？」

「ああ。腹を出して寝てないか心配で見にきたんだ。陽はちゃんと腹巻してるな。えらいぞ」

しっかりとパジャマの上から腹巻をしている陽を、涼聖は褒め、シロにも目を向ける。

「シロは？」

「われも、つきくさどののじじょどのがつくってくださった、はらまきをしています。それに、ねぞうはよいほうです」

「そうか。じゃあ安心だな」

涼聖はそう言ったあと、

「今日はここで三人……いや、四人で一緒に寝るか」

と、提案する。

もちろん、陽とシロは頷き、涼聖は客間から布団を持ってきて琥珀の布団の隣に敷いた。

そして琥珀と涼聖の間に陽とシロを挟み、横になる。

部屋の灯りを落としてしばらくは、陽は今日のことをいろいろと話していたが、琥珀がいることの安心感と、目が覚めたとはいえ、さほど遠くまで眠気は飛んでいなかったらしく、ほどなくして健やかな寝息を立て始めた。

それとほぼ合わせるように、シロも寝入ったらしい。

そんな陽とシロの寝顔を見ながら、涼聖は、

「ドラマとかで、よく幸せの象徴みたいな感じで、親子で川の字ってシーンがあったけど、正直、こんなことの何が幸せなんだろうって思ってた」

そっと静かに呟いた。

家庭を持つということの意味も、そこから見出される幸せについても、まったく何も感じていなかった。

ただ「そういったことを幸せだと感じる人たちがいる」という理解があっただけだ。

そんな涼聖の呟きに、琥珀はただ黙って涼聖を見つめる。

「でも、今は……おまえらと一緒に暮らせて、本当に幸せだと思ってる」

いつまでも、こんな日が続けばいい。

それをささやかな願いだと言う人もいるだろう。

だが、涼聖にとっては、なんて贅沢な願いなのかと思う。

「おまえたちと会えて本当によかった……」

涼聖はそう言ってから、おやすみ、と付け足して、目を閉じた。

琥珀も、おやすみ、と小さな声で返して、目を閉じた。

7

伽羅が本宮から戻ってきたのは、三日も早い、日曜の午後のことだった。

「琥珀殿、起きていて大丈夫なんですか……⁉」

戻ってくるなり涼聖と陽、シロが集まっている琥珀の部屋に駆けつけた伽羅は、布団の上に体を起こして文献に目を通している琥珀の様子に安堵と心配の入り交じった声で聞いた。

「ああ。家の中くらいは、もう自由に歩き回っても大丈夫なのだが……なかなかに監視が厳しくてな」

そう言って琥珀は苦笑する。

涼聖と浄吽、そして陽が診療所に行っている間、家では龍神と阿雅多、そしてシロが琥珀の様子を見ているのだが、基本風呂場の龍神はいいとして、阿雅多とシロの監視は結構厳しかった。

特にシロは、常に琥珀のそばにいるので、体を起こしている時間が少しでも長くなると、

『そろそろ、よこになられて、からだをやすめてください』

と、助言してくる。

そして阿雅多も、琥珀がお手洗い以外の用事で部屋の外に出てくると、何の用事かと問い、お茶が欲しいだけだと言えばすぐにお持ちしますからお戻りを、と部屋に戻るように促してくる。

とはいえ、お手洗いに立つことを、許してくれるだけまだいいかもしれない。

浄吽は、ものすごく真面目な顔で、

『尿瓶をお持ちいたしましょうか？』

と聞いてきたくらいだ。

「あたりまえです……！　琥珀殿は、自分のお体を軽んじすぎてます！」

そう言ったあと、

「……本宮で、琥珀殿に何かあったってことだけは分かって……でも気の調整に乱れが出るから探ることまではできなくて、月草殿から連絡が来るまで、生きた心地がしなかったんです。そのあとだって、ずっと、メチャクチャ心配で……っ！」

涙目で言い募る伽羅に、

「心配をかけて、すまなかった」

琥珀は申し訳なさそうな顔で謝り、そっと伽羅の頭に手を伸ばし、撫でてやる。

「琥珀殿……」

甘えたような声で伽羅が琥珀の名前を呼んだ瞬間、涼聖がそっと琥珀の手を摑んで撫でるのをやめさせ、

「はい、終了」

強制的に撫で撫でタイムは終了した。

「え！　せめてあと十秒！」

せがむ伽羅に、

「三往復も撫でてもらっただろ。甘えるな、いい大人が」

涼聖はすげなく言う。

そんな二人のいつものやりとりに、琥珀はほっとした。

「もー、相変わらずケチなんですから……」

伽羅はぼやいたあと、ちゃんと座り直し、改めて琥珀を見た。

「本宮の琥珀殿のお部屋は、いついらしてもいい状態に完璧に整えてあります。もちろん、今すぐにでも」

「琥珀、どうする？」

涼聖が問う。

涼聖は、伽羅が戻り次第と言っていた。

おそらく今すぐに行かせたいのだろうとは思う。だが、琥珀は、

「……陽に、話しておきたいことがあるのだ。それゆえ、今宵一晩、陽とゆっくり過ごして明日の朝でもかまわぬだろうか」

陽を見ながら、言う。

それに涼聖は頷いた。

「分かった。じゃあ、明日の朝。伽羅、そのつもりで準備してもらえるか」

「はい。じゃあ俺、ちょっと荷ほどきして、それから夕ご飯作りますね！　陽ちゃん、シロちゃん、夕ご飯何が食べたいですかー？　あ、その前に冷蔵庫の食材チェックしないと！」

帰ってきた途端、伽羅はいつものごとくスーパー主夫になり、陽とシロを連れて台所へと向かう。

「認めたくねえけど、なんていうか、あいつももうしっかりこの家の一員なんだよなぁ……」

いつの間にか伽羅の存在が家にあることがしっくりきている自分に気づいて、涼聖はため息をついた。

それにただ、琥珀は苦笑した。


伽羅が帰ってきたことで、狛犬兄弟は月草の許に帰ることになり、これまでのお礼を兼ね、伽羅は家にあった食材をいろいろ使って腕をふるい、夕食には急ごしらえとは思えない豪華なメニューがならんだ。

無論、龍神は風呂場から出て、涼聖から新たにせしめた一升瓶――今度はゆっくり少しずつ飲んでいる――を手に参加し、自室に籠らされていた琥珀も、今夜は特別ということで居間に出てきて、みんなと一緒に食事をした。

陽もシロも久しぶりの伽羅の帰還による手料理と、琥珀が部屋から出てきての一緒の食事に楽しそうだった。

楽しい夕食が終わり、入浴をすませた陽は琥珀の部屋に向かった。

シロにも声をかけたのだが、シロは、

「おふたりだけでのはなしもおありでしょうから」

と辞して、カラーボックスの自分の部屋に戻っていった。

「こはくさま、ボクです。はいっていい？」

襖戸の前で声をかけると、中から入りなさい、と声がして、陽は中に入った。

布団の上に座していた琥珀は、入ってきた陽を手招きし、自分の前に座らせる。

「陽、いろいろと心配をかけたし、これから寂しい思いもさせるが、私は明日から本宮に行く」

改めて琥珀が言い、陽は頷いた。

「うん」

「此度のこともあるゆえ、もしかしたら、三月よりも長く本宮にいることになるやもしれぬが、必ず戻ってくる」

「うん」

「留守の間も、シロ殿と仲良くし、涼聖殿と伽羅殿の言うことはちゃんと聞きなさい」

「うん、こはくさま」

素直に返事をする陽だが、寂しさをこらえているのが分かる。

だが、寂しいのは琥珀も同じだった。

必ず戻ってくるというのに、無性に寂しさを感じる。

しかし、陽がこらえているのに、それを口にするのははばかられた。

「……陽はいい子だ」

琥珀はそう言って陽の頭を撫でてから、「では、眠ろうか」と声をかけ、電気の紐《ひも》を引いて灯りを消し、二人で布団に横たわる。

「こはくさま、なにか、むかしばなし、きかせて」

陽がせがむ。

「では何にしようか……。ももたろうでかまわぬか？」

そらで語ることのできる昔話の中から、琥珀はそれを選んだ。

「うん……」

返事をした陽に、琥珀はゆっくりと語って聞かせ始める。

「むかし、むかし、あるところに、おじいさんとおばあさんが住んでいました……」

陽は目を閉じ、琥珀の声に耳を澄ませる。

離れている間、何度でも思い出せるように。

耳の奥に、琥珀の声を閉じ込めてしまいたかったが、声が心地よくて、結局、鬼ヶ島に行くより先に陽は眠ってしまった。

健やかな寝息を立てる陽の寝顔を、琥珀はじっと見つめて、

「よく眠るのだぞ」

小さな声で囁《ささや》き、琥珀も目を閉じた。

◆◇◆

翌朝、朝食を終えて少しすると、琥珀を本宮に送る時間がやってきた。

琥珀をあまり動かさないほうがいいという伽羅の判断で、琥珀の布団を囲うようにして『場』を設け、本宮に準備した琥珀の部屋に直接送ることになった。

「琥珀殿、忘れ物はありませんか？」

伽羅が問うのに、琥珀は苦笑した。

「今回は特に持っていかねばならぬものもないし、たいていのものはあちらでも揃う」

「それはそうですけど……。お部屋の設えはできるだけ琥珀殿の好みに合わせたつもりですが、もし違ったら変えてもらってくださいね」

「伽羅殿。いろいろと心配してくれているのは、分かるが、大丈夫だ」

琥珀がやんわり窘める。

それに伽羅は「はーい」とまるで子供のように返事をする。

琥珀は苦笑してから、陽へと視線を向けた。

「陽、これから寒さを増す時季になるゆえ、風邪を引いたりせぬよう、気をつけるのだぞ」

そう言う琥珀に、陽は笑って返事をしようとしたが、もうしばらく会えないのだという思いが急激にせり上がってきた。

「……っ…ひゃ…い」

返事が泣き声と混ざる。

それに琥珀はそっと手を伸ばし、陽の手を摑んだ。

「寂しい思いをさせること、すまぬと思っている。だが、必ず戻る」

「……うん…」

「シロ殿、陽をよろしく頼む」

陽の肩の上で、涙目になっているシロにも琥珀は声をかけた。

「はい」

シロも微かに震える声で、返事をする。

そんな二人に、琥珀は優しく微笑む。

陽は手の甲で涙を拭うと、ポケットから小さなマスコット人形を取り出した。

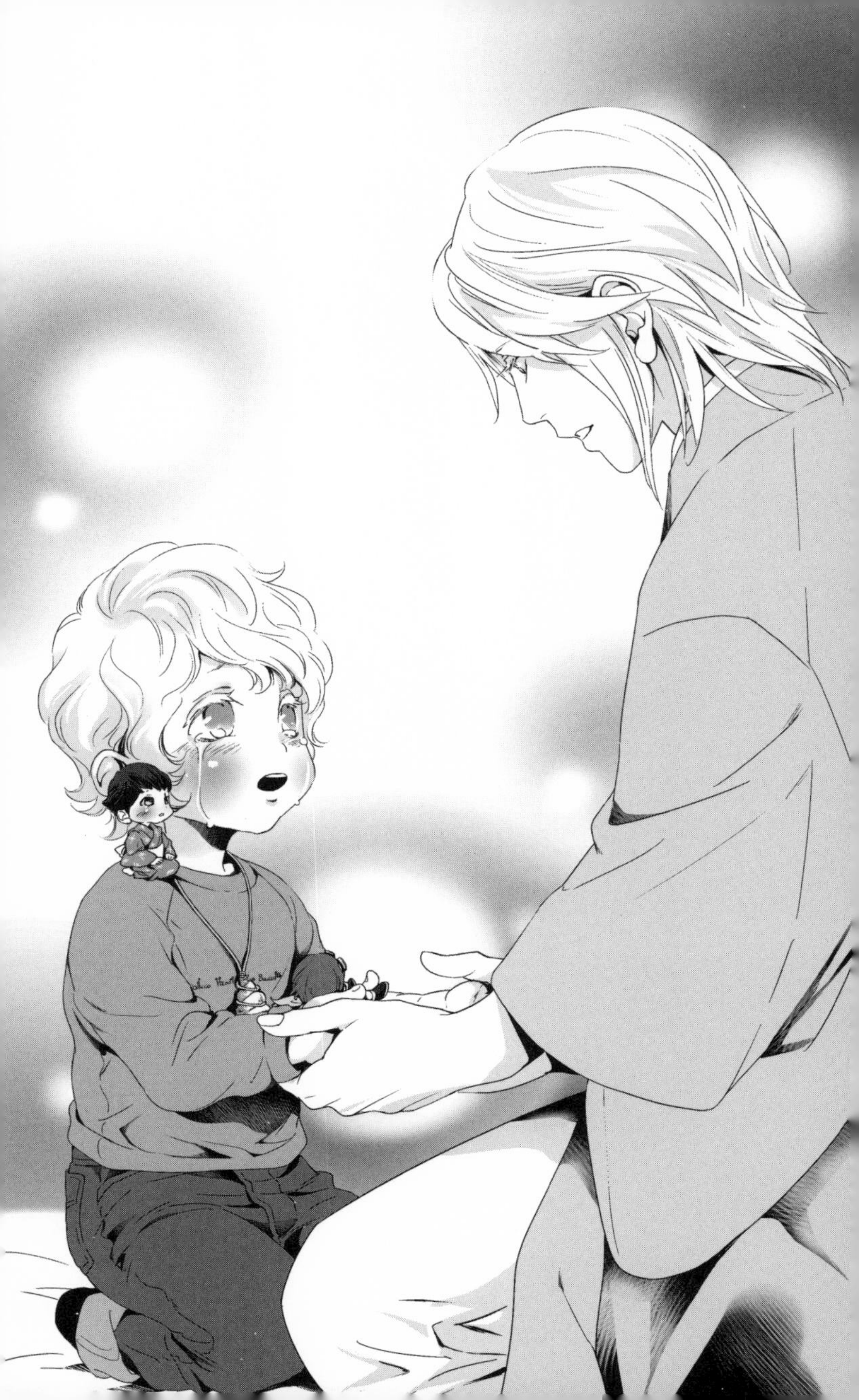

それは、大好きなアニメであるモンスーンの、初めて陽が買ってもらったキャラクターグッズだった。

大好きで、ずっと持ち歩いていて、そのうち端っこのほうに擦り切れができたり、汚れたりしたが、そのたびに綺麗に洗って、大事にしているものだ。

「こはくさま、これ、おまもりにもっていって」

「陽、これはそなたが大切にしているものだろう？　よいのか？」

陽が大切にしているのを知っている琥珀は差し出されたそれを見ながら問う。

それに陽は頷いた。

「だいじなものだから、こはくさまに、もっててほしいの」

その陽の気持ちに、琥珀は陽からマスコットを受け取った。

「ありがとう」

「……うん」

そのまま、ずっと離れたくなさそうな二人に、涼聖は心を鬼にして、声をかけた。

「陽、そろそろ琥珀を本宮へ送ろうか」

その声に、陽は最後に一度、ギュッと琥珀に抱きついてから、布団の外に出た。

「琥珀、気をつけてな」

涼聖がかけた声に、琥珀は頷く。

「じゃあ、送ります」

時間をかければ、かけただけ別れの寂しさが長引く。

伽羅は、すぐに呪文を唱えて琥珀を本宮に送りだした。

光の結晶がキラキラと輝いて、部屋を満たす。

そして、次の瞬間には、琥珀は姿を消していた。

「……こはくさま…」

名を呼んだ陽はぽろぽろと両方の目から涙を零し、畳の上に座り込んだ。

「陽、大丈夫だ。琥珀は前よりも元気になって帰ってくるから」

涼聖は陽の傍らに膝をつき、肩に手を置く。

「そうですよー。だから陽ちゃんも、毎日元気でいないと！」

伽羅も寂しさを押し殺し、精一杯の明るさで言ったあと、

「さあ、お弁当持って診療所へ行きましょう。おいしいおかず、いっぱい詰めましたから、お昼ご飯、楽しみにしててくださいねー」

と陽の気持ちを盛り上げようと続ける。

その伽羅の言葉に、

「ああ……、今日からおまえが受付の仕事するんだったな……。癒やされねえ…、まったく癒やされねえ……」

涼聖は落胆した声で呟く。それに伽羅も、

「俺だって、琥珀殿のお手伝いがよかったのに……」

と返す。

そんな二人に、

「けんかしちゃだめ。こはくさま、なかよく、いいこにしてなさいっていってたよ」

陽が仲裁に割って入る。

「それもそうだな。じゃあ、仲良くいくか」

涼聖が固めた拳を伽羅に突き出す。それに伽羅も固めた拳を突き出して軽く合わせて、一応仲直りをする。

「じゃ、十分後に出発な。陽、準備できてるか?」

「えっとね、きょうのおやつをカバンにいれたらおわり」

お菓子星人らしい陽の言葉に「じゃあ、準備ができたら車の前な」と伝えて涼聖は自分の診療カバンを取りに部屋に戻る。

そしてカバンを手に外に出ると、空は見事な青空だった。

その青空を見上げ、

——琥珀、頑張れよ……。

胸のうちで、涼聖は琥珀にエールを送った。

おわり

本宮秋の波騒動記

CROSS NOVELS

1

その部屋の中は、どこまでも穏やかで、心地よい気が満ち溢れていた。

そこに敷かれた布団で、深い眠りについていた琥珀《こはく》は、自然に目を覚まし、枕元に置かれた時計を見て時刻を確かめる。

「……もう、このような時間か…」

時計の針は朝の八時を少し過ぎたところを示していた。

家にいる時は六時過ぎには起きていた琥珀だ。

このような時間まで眠っていることは、まずなかった。

前夜に夜更かしをしていても、六時半を回れば陽《はる》が起き出すので、その気配で目が覚めるし、涼聖《りょうせい》と致したあとならば余計に早く起きてその痕跡を消し、陽が起き出すまでに身支度を終えることが必要だからだ。

しかし、本宮では違う。

ここに送りだされて三日。

琥珀の部屋は以前から使わせてもらっている客間だが、まだ、誰とも一度も会っていなければ、部屋の外の気配も一切感じ取れなかった。

ただただ、静かで穏やかな『気』が部屋を満たす。

それは、すべて白狐《びゃっこ》の配慮によるものだ。

月草《つきくさ》の応急処置で傷はふさがれ、気の漏れはなくなったものの、それはあくまでも応急処置であり、いわば薄皮一枚でふさがれているというものだったらしい。

つまり、香坂《こうさか》家で意識を取り戻したあと、部屋の外に出ることさえ極端に制限されたのは、些細な気の変化でもどうなるか分からない、という状況に琥珀があったからだった。

そのことを到着したあと、白狐から届いた文で琥珀は初めて理解した。

『それゆえ、今は他の者の「気」すら影響を与えかねぬゆえ、しばし部屋にてゆるりと過ごしてもらいたい』

とのことだった。

ゆるりと過ごせと言われても、部屋は強制的な治癒《ちゆ》モードになっていて、琥珀はこの三日を、ほぼ寝て過ごしていた。

それは、自分でもよく眠れるなと思うほどで、一応部屋には本をはじめとしたいわゆる「時間潰しの道具」が準備されていたが、それらを使うことはほとんどなかった。

本を開いても数ページ読んだあたりで、眠気に襲われて気がつけば寝ている、といった有り様だったのだ。

そんな状態が三日続いたが、今は、それまでと違い、頭がすっきりとしている。

思えばこれまで、目が覚めてもどこかぼんやりとした感覚がつきまとっていたのだが、それがなかった。

「……ひと山越えた、ということか…？」

そうは思ったが、多少の気でも影響がある、という状態から脱したというだけで、倒れる前の状態にまで戻れていないのかもしれない。

「まあ、焦ったとて、仕方のないことだな」

人界で待っている涼聖や伽羅《きゃら》、陽たちがどうしているのかは気にかかるが、今の自分にはどうすることもできない。

とにかく、今は治療に専念するよりほかはないだろう。

改めてそう思いながら、琥珀はゆっくりと布団から体を起こした。

そして、枕元に開いたままで置かれた本を手に取り、少しページを戻って読み始める。今度は眠くなることなく読み進めることができたが、しばらくして、外から声がかけられた。

「琥珀殿、お目覚めでいらっしゃいますでしょうか」

その声に聞き覚えがあった。

以前、本宮に滞在した時に部屋係として仕えてくれた若緑《わかみどり》の声だ。

「どうぞ中へ」

琥珀が返事をすると、静かに襖戸が開き、若緑が入ってきた。

そして入口近くで座り直すと、

「ようこそお越しくださいました。部屋係を務めさせていただきます、若緑です」

そう挨拶をした。

「若緑殿、しばらくぶり。また世話になるな」

琥珀が挨拶を返すと、若緑は嬉しげに微笑んだ。

「覚えていてくださったのですね。ありがとうございます」

部屋係はみな客人からは「小君」と呼ばれることが多く、あまり気にかけられる存在でもない――あくまで客が快適に過ごすために裏方に徹し、よほどでなければ『個』として認識されることはないのが普通なのだ――。

ただ、同じ客人が来れば、前回の時に好みなどを把握しているので同じ部屋係がつく。とはいえ、やって来る間隔が長ければ向こうも忘れているし、部屋係のほうでも部屋係歴が長ければ長いほど、よほどインパクトのある客でなければ、実は忘れていることもあったりして、当時の書きつけなどを見て思い出すということがある。

だが、琥珀に関しては別だ。

前回来てからの期間が短いということもあるが、本宮において、琥珀という稲荷《いなり》の存在はかなり有名だった。

若緑が本宮に来た時にはもう琥珀は自分の領地から出てくることはなくなって久しい、という状態だったのだが、年長稲荷からは折に触れて名前が出る存在だった。
見た目の麗《うるわ》しさもさることながら、その精神性の高さは見習うべき稲荷の一柱である、というのがその理由だった。

密かに信奉者である稲荷も多く、その最右翼が伽羅だ。

そんな琥珀が久しぶりに本宮に来ることになり、その部屋係に抜擢された若緑はとても緊張していた。

当時でも若緑は部屋係としては年長のほうだった。

つまりは経験豊かということで琥珀の世話係を任されたのだとは思うが、同世代の下仕えのものがちらほらと正式な稲荷として本殿仕えを始めている頃で、焦りも感じていた。

そのことを、ちょっとした会話から琥珀に見抜かれ、部屋係は多くの稲荷と接する機会の多い仕事ゆえに、手本とすべき点や省みる点などを得やすいと言われて、やんわりと部屋係としての姿勢について教えられた。

それ以来、ただ部屋係として仕事をするわけではなく、客として迎える稲荷の有り様などからも学ぶようになった。

美しい所作や、好ましいと思う点はもちろん、その逆の、これまでであれば腐っていただろうと思うような態度を取られても、それすらもいろいろと考える教材——と言ってはいけないのかもしれないが——で、とにかく様々なことから学ぼうと思うようになったのだ。

そのきっかけをくれた琥珀が名前を覚えていてくれたのは、若緑にとってこの上なく嬉しいことだった。

「琥珀殿にはご到着日よりこれまで、ご回復を最優先にとのことでしたため、伺うことを禁じられておりましたが、さきほど、白狐様より急を要する事態は脱されたとのお言葉があり、御用伺いに参りました」

若緑の言葉に、琥珀は微笑む。

「気遣い、痛み入る。少し身だしなみを整えようと思うが」

「では、手水《ちょうず》の準備を致します。新たな寝間着もお持ちいたします。まだ、しばらくは楽な様子でお過ごしいただくようにと言われておりますので」

つまるところ、部屋から出るなということらしい。

手水も、本来であれば部屋についているはずだが、若緑が持ってくると言っていることを考えると、布団から動くなということなのだろう。

——それほどまでに、私はまだ重症ということか……。

本宮の、それも特別に伽羅が準備した部屋にいてさえ、布団から動くなということは、今の自分の状態はどうやらよほどのようだ。

もちろん、万が一を考えての措置ではあるのだろうが。

手水の準備を整えに部屋を辞した若緑は、ほどなくして戻ってきた。

その若緑に手伝ってもらいながら、手水を終え、寝間着も新しいものに着替える。

琥珀の脱いだ寝間着を畳みながら、

「午後に、白狐様がお部屋を伺われる予定です」

若緑が予定を告げる。

「白狐様が……。お忙しいであろうに、ありがたいことだ」

「それまで、ごゆっくりお過ごしください。何か、必要なものはございますか？　伽羅殿より、琥珀殿は普段お食事を召し上がっておいでと伺っております。もしご必要でしたら、ご準備致します」

「ありがとう。だが、今は気で充分満たされておるゆえ……。食べたくなったらまた、頼むとしよう」

「かしこまりました。他にご入り用のものはございませんか？」

「そうだな……。この本の続きを頼めるか？」

「はい。すぐ、お持ちいたします」

若緑はそう言うと一旦部屋をあとにし、ややしてから琥珀が頼んだ本の続きを持ってきた。そして、何かあればすぐ呼ぶようにと伝えて下がる。

部屋に一人になった琥珀は、再び本を読み始めたが、一時間ほどすると疲れてきたのか眠気がやってきた。

やはりまだまだらしい。

その証拠に、部屋に施された結界は解かれていないようで、外の気配は相変わらず一切しない。

おそらく白狐が入ってもいいと判断した者――現時点では若緑だけだろう――しか入れないようだ。

「今は回復に努めることが最優先、だな」

琥珀は本に栞《しおり》を挟み、枕元に置く。

その時、同じく枕元に置いていた、陽が渡してくれたモンスーンのマスコットが目に入った。

琥珀はそれにそっと指で触れる。

「陽……、元気にしておるか…？」

そっと語りかけてから、布団に横たわる。

いろいろと気になることはある。

だが、すぐに琥珀は眠りに捕まった。

◆◇◆

琥珀のいない香坂家の面々のうち、涼聖、陽、伽羅の三人は診療所の奥の部屋で伽羅の作った昼食を食べていた。

いつも伽羅は前夜の残りや、朝食の準備の時にちょこちょこっと作ったものなどを重箱に詰めて、診療所に持ってくる。

これまでは涼聖が適当に準備をすると言っていたので、弁当は準備しなかったのだが、自分がこっちで食べるとなると、それなりのものを食べたい、というのが理由だ。

「きゃらさん、これ、きのうのおさかなさん？」

陽は重箱に入っていたトマトソースで味付けされた魚を食べて驚いたような顔をする。

「そうですよー。朝ご飯を食べてる間にちょっとだけ煮つけて味を変えてみました」

昨日の夕食に出した焼いた白身魚だが、戴きものが意外と多く――いつも家事をしている伽羅が診療所に来ているなら、食事を作る時間もないだろうという集落女性陣の配慮で、差し入れが増えている――残ってしまったのだ。

それをそのまま入れてしまってもよかったのだが、それでは芸がないような感じがしたので、味を変えて詰めてみた。

「どうですか？」

「おいしい！　あまくて、ちょっとすっぱくて、ごはんいっぱいたべられちゃう」

にこにこして言う陽に、涼聖と伽羅はほっとした。

琥珀が本宮に行ってから、陽はやはり元気がなかった。

本宮に行くことが琥珀に必要なのだと陽はちゃんと理解している。何しろ、あわやの危機があったのだから、それはちゃんと分かっているのだ。

だが、どうしても寂しさは湧いてくる。

静かなままの琥珀の部屋の気配だけでも、寂しくなるのだ。

よって、陽は少し食欲が落ちていた。

食欲が落ちたといっても、それまでと比べて、というだけで、まあ問題ないだろうという分は食べているため、しばらくは様子を見ようと涼聖と伽羅は相談し合っていた。

少しずつ、琥珀がいない、ということに慣れたのもあるし、昨日は椽《つるばみ》が淡雪《あわゆき》と一緒に遊びに来ていた。

倉橋《くらはし》は病院なので、倉橋に会うためというわけではなく、陽のことを気にかけて来てくれたのだ。

無論、淡雪を陽とシロに任せて、少し昼寝をして睡眠不足を補ったようだが、起きてからは自分の領地に連れ出して、人目につかない範囲の高さと場所で飛んでくれたらしい。

「われは、はじめてのけいけんでしたが、ほんとうに、とりになったのかとさっかくするほどでした」

初めての飛行体験をしたシロは興奮気味に語っていた。

それがいい気分転換になったらしく、陽はすっかり元通りというわけではないのだが、元気を取り戻しつつあった。

「陽ちゃん、お昼からはどこに行くんですかー？」

おいしそうにご飯を食べる陽を見ながら、伽羅が問う。

「えっとね、みくにのおばあちゃんのおうちのほうへいって、そこからうらのおやまにはいって、ぐるっといっしゅうしてくる」

「じゃあ、ついでにお使い頼まれてくれないか？」

涼聖が言うと、陽は素直に頷く。

「いいよ。どこにいくの？」

「松川《まつかわ》のおばあちゃんのとこに寄って、塗り薬を届けてほしいんだ。うっかりして、一昨日の診察の時に在庫を切らしてて渡せなかったから」

普段は、薬の在庫を切らすなどということはない。

琥珀がきちんと管理をしてくれているし、涼聖も気をつけているからだ。

だが、その琥珀が倒れ、涼聖も細かい部分にまでは気が回らなかった。それで松川が診察に来た時に三つ渡さねばならないところが二つしか在庫がなく、急いで発注したのだ。

「わかった、とちゅうでよって、わたしてくる」

「ありがとな、助かる」

涼聖はそう言って陽の頭を撫《な》でる。

休憩時間の合間の往診に行く時に寄ればいいのだが、今日の往診は反対方向なのだ。

もちろん、車で行くのだからさほど時間はかからないのだが、涼聖が持っていくよりも陽が行くほうが集落の住民は喜んでくれる。

何しろ、陽が集落お散歩パトロールでやってくるのを楽しみにしている住民が多く、雨が降って陽の行動範囲が狭まると、残念がる住民も少なくない。

昼食を終えて、少し休憩をすると、陽は涼聖から薬を預かって、午後の集落パトロールに向かった。

北原《きたはら》に作ってもらった赤ずきん風のフードマントを、今日はフードを下ろして羽織り、元気に出かける陽を見送ってから、涼聖は伽羅に聞いた。

「琥珀から、何か連絡あったか？」

それは陽がいる前では聞くことのできない問いだった。

琥珀の名前を出すと、陽は琥珀がどうしているのかを気にして沈みがちになってしまう。そのため涼聖と伽羅は「陽の前では、琥珀のことを話さない」と決めていた。

「いえ、今のところないですねー」

その返事に涼聖はため息をつく。

「そうか……」

「頼りがないのは元気の印、ですよ。っていうか、多分、連絡できないんだと思います」

伽羅の言葉に涼聖は眉根を寄せた。

「なんでだよ」

家から送りだした時は、様子は安定して見えた。

それが連絡ができないほどの状態になったとすれば、大事だ。

涼聖がそう考えるだろうということは伽羅も想定したらしく、

「安心してください。琥珀殿の様子が悪化したとか、そういうことじゃないです」

まず、否定してから、理由を説明した。

「琥珀殿、とりあえずの応急処置で傷をふさいで送りだしたじゃないですか。つまり、上から月草殿が貼り付けてくれたもので気が漏れるのが止まってるってだけで、魂が裂けた状態であることは変わってないんです」

「そうだったのか……」

「です。なんで、琥珀殿の行動をできる限り部屋の中にって制限してたんです。何が起きるか分かりませんでしたし、次に何かあったら、もう家では対処できなかったでしょうから……。で、まずはそれを改善するために、琥珀殿にはほぼ寝た切りって感じになってもらってるんだと思います。全部の力を治癒に回すくらいの勢いなんで、時々、目が覚めてもすぐにまた寝ちゃう感じなんじゃないかと思います」

伽羅の言っていることは合点がいった。

余計なことを考えたり感じたりせず、寝ている時間が、一番回復に繋がる。

そのために病院では必要な処置として、痛みで眠れないのであれば痛み止めをはじめとした様々な薬を使うことがある。

「それなら、仕方ないな」

「何か連絡あったら、すぐにお知らせします。……俺も一日千秋の思いで、連絡待ってるんですよー」

琥珀大好きっ狐《こ》であることを隠しもしない様子で伽羅は言う。

「ああ、頼む。じゃあ、俺、そろそろ往診に行ってくる」

涼聖が往診カバンを持って立ち上がると、

「はーい、気をつけて」

伽羅が笑顔で見送ってくるのに軽く手を上げて、涼聖は診療所をあとにした。


一足先に診療所を出た陽は、ちょろちょろと寄り道をしながら、松川の家にやってきた。

松川の家は車が通る道路から坂になったわき道を五メートルほど上ったところにある。その坂道を上って、開いている前庭の門扉を通過し、玄関のドアを開けると、

「こんにちはー。おばーちゃん、いますかー?」

陽は元気に声をかける。

するとと奥から、はーい、と声がして、しばらくしてから松川が顔を見せた。

「あらあら陽ちゃん、こんにちは」

「こんにちは。あのね、りょうせいさんから、おくすりあずかってきたの」

陽はポシェットに入れてきた薬を松川に渡す。

「わざわざ持ってきてくれたのねぇ……。陽ちゃん、ありがとう」

「どういたしまして」

「そうだ、陽ちゃん、時間があったらお茶飲んでいかん？　おばあちゃん、今からお茶にしようと思うとったんじゃけど、一人だと味気のうてねぇ」

松川の言葉に、陽は笑顔で頷いた。

「うん！　じゃあ、いっしょにおちゃのも！」

「あら、嬉しい。あがって、あがって」

松川に促され、陽はおじゃまします、ときちんと挨拶をして、脱いだ靴もちゃんと揃えて松川の家の居間へと向かった。

「陽ちゃん、何飲む？　普通のお茶？　それとも甘い紅茶がええ？　そうそう、戴きもののお菓子があるんよ。クッキーの詰め合わせじゃけど」

居間で松川はクッキーが入った大きな缶を取り出し、蓋《ふた》を開ける。

「わぁ……いろいろ、いっぱい！」

目を輝かせる陽に松川は微笑みながら、

「クッキーじゃったら紅茶がええかしら」

と問い、陽が頷くのを見てから、台所へと向かった。

そして台所で、ポットのお湯を沸かし直しながら、松川は携帯電話を取り出すと、

『今、陽ちゃんがうちに来とるよ』

近所の住民三人にメッセージを送る。

すると、すぐに全員から『今から行く』と返信があり、松川が陽の紅茶を淹れて、居間に戻り、陽が一枚目のクッキーを食べ終わる頃合いで、三人が松川家にやってきた。

陽が家に来たら、近所に声をかける、というのがいつの間にか住民の間で決まったローカルルールだ。

アイドルである陽と一緒におやつを楽しみたいのは多くの住民の願いなのだが、全員が道すがら、陽を順番に家に引き込んでは、陽の散歩の邪魔になってしまう。

そのため、陽が家に来たら、近所に声をかけて一緒にお茶を楽しみ、長くとも一時間ほどで陽を散歩に戻してやる、というのがふんわりとしたルールなのだ。

「陽ちゃん、今日はどこへ行くん？」

「えっとね、みくにのおばあちゃんのおうちのほうへいって、そこからうらやまをとおって、し

んりょうじょのてまえのみちにもどろうとおもってるの」

「おばあちゃんちのほうへ来るつもりじゃったんね」

松川からの連絡で遊びに来ていた三国《みくに》が、にこにこしながら言う。

「うん。おさんぽにくるときに、りょうせいさんに、まつかわのおばあちゃんにおくすりとどけてっておつかいをたのまれたの。それで、とちゅうでよったの」

陽の説明にみんな納得したように頷きながら、今日は少し表情が明るいな、と安堵する。

琥珀が倒れたと聞いたのは少し前のことだ。

診療所の受付が見知らぬ若い男の子に代わり、その後、入院した親戚のところに様子を見に行っていたという伽羅がいつの間にか帰っていて、受付を引き継いだ。

聞けば琥珀は、倒れたものの、数日休んで問題なく回復したらしく、予定通りに伽羅と交代する形で親戚のところに行った――と伽羅から、誰かが聞いてきた。

『琥珀殿が倒れたことでも陽ちゃんショックで、一応琥珀殿は元気になったんで親戚のところに行ったんですけど、やっぱり心配なんだと思います。あと、寂しいのもあって』

伽羅はそう言っていたらしい。

そんなわけで、みんな陽のことを気にかけていたのだ。

そして、涼聖や伽羅と同じく――そうしようと相談したわけでもないのに――決めていた。

陽が自分から琥珀のことを話題に出すまでは、自分たちからは琥珀のことは聞かないでおこう、と。

下手に話題にすると、心配と寂しいのを我慢している陽を傷つけることになってしまうと判断したからだ。

そんなわけで、今日も誰も琥珀のことは話題にしなかった。

それを話題にせずとも、女性陣の話題は事欠かないのだ。

「もうちょっとしたら干し柿作り始めんとねぇ」

「そうじゃわ。干し柿作って、お正月の紅白なますにちょっと入れてねぇ」

「干し芋も作らんとならんから、これから忙しぃなるねぇ」

「ボク、ほしがきも、ほしいもも、だーいすき」

陽が笑顔で言う。

「じゃあ、たーんと作らんとね」

三国が言うのに、松川はふっと思い出し、言った。

「そうじゃ、そうじゃ。今年、伽羅さんと漬けた梅干し、いい塩梅《あんばい》にできとるよ。ちょっと食べてみる?」

松川は梅干しを漬けるのがうまい。

以前、おすそわけしてもらった梅干しがあまりにおいしかったので、伽羅は松川を手伝いながら一緒に香坂家の分も漬けてもらうことにしていて、最近は毎年、伽羅は松川と一緒に梅干し作りをしている。

　もちろん使う梅の実は、集落の多くの家の庭に植わっていたり、特にどこの家の、というわけではなく植わっていたりする梅の木から、おすそわけとしてもらってくるものだ。

「いいの？　たべたい！」

　陽の返事に松川は腰を上げると、台所に行き、隅に置いてある壺を開けた。そして、皿にいくつかの梅干しを載せて戻ってきた。

「はい、召し上がれ」

　出された梅干しを、全員が指で取って口に運ぶ。そして、

「ああ、やっぱりおいしいねぇ」

「教えてもろたとおりに漬けても、やっぱり同じようにはならんのよねぇ」

　おばあちゃんたちが言い、陽も、

「おいしい！　また、たべられるのうれしい」

　やはり笑顔で言う。

「よかった。じゃあ、伽羅さんに、いつでも時間のある時に梅干し取りにきて、て言っておいてくれる？」

　松川の言葉に陽は頷いた。

「うん。すごくおいしくできてるって、いっとくね」

にこにこして言う陽の様子に、老女たちは同じようににこにこして和んだ。

2

陽が松川家でお茶を楽しんでいる頃、琥珀は昼寝——というにはいささか長いが——から目覚めた。

「我ながら、よく眠る」

正直呆れるほどだが、眠り過ぎた時によくある頭がぼんやりとした感じなどは一切なく、それどころか、朝、一度起きた時よりもクリアになっている気がした。

回復のために、思った以上に力を使っているらしく、それで眠たくなるのだろう、と冷静に分析してみるが、三日間、ほぼ眠りっぱなしでまだ尚、というと、あとどの程度こんな状態が続くのだろうかと、少し不安になる。

——三月は戻れぬと覚悟はしてきたが……。

まだ三日だ。

不安になるにも早いと思うが、今の自分の状態がはっきりと分からないのがもどかしい。

「まあ、そのうち分かる…か」

そう自分に言い聞かせ、琥珀は起き上がり、お茶でも飲もうと準備されている茶器でお茶を淹れようとしたが、確かに茶器は準備してあったものの、肝心の湯がなかった。

いつもは部屋に湯を沸かすための小さな釜などがあるのだが、今回は設置されていなかった。

おそらくは、わざとで、琥珀が自分であれこれしないように、との配慮だろう。

つまり、お茶を飲みたければ部屋係を呼べ、ということだ。

お茶のためだけに呼ぶのは気がひけたが、琥珀は若緑を呼ぶことにした。

「若緑殿、おいでか」

声をかけると、すぐに、

「はい、控えております。何かご用でしょうか」

部屋の隣の間から声が聞こえた。

客間と続きになっている場所に三畳ほどの空間が作られることが多く、部屋係は仕事のない時はそこで控えていることが多い。

若緑も、今は待機していたようだ。

「すまぬが茶を頼めるか」

「かしこまりました、すぐにご準備いたします」

返事のあと、ややしてから、若緑が準備を整えて部屋に入ってきた。

「お待たせいたしました」

そう言って出された茶碗に入っていたのは、ほうじ茶だった。

「ほうじ茶とは、珍しい」

本宮で出されるお茶は、こちらで指定しなければ、緑茶であることが多く、ほうじ茶が出たのは意外だった。

「お体に優しいもののほうがよいので、最初のうちはこれを、と伽羅殿がご準備されていかれましたので、お出しいたしました。他のもののほうがよければ、淹れなおして参ります」

若緑の説明に、琥珀は微笑んだ。

「いや、意外だと思っただけだ。そうか、伽羅殿が……」

部屋係だった幼い頃から、伽羅はよく気の回る子供だった。

それを懐かしく思いながら、琥珀はお茶を口に運ぶ。

「旨いな。……若緑殿はお茶を淹れるのがとてもお上手だ」

「もったいないお言葉です」

恐縮した様子で言ったあと、若緑は、

「白狐様がもう少ししたらお伺いになるかと思います。問題がなければ、と思いますが、いかがいたしますか?」

と、聞いてきた。

「大丈夫だ。わざわざ部屋を訪うていただくのは恐縮だが」

普通であれば、琥珀のほうから白狐に拝謁《はいえつ》を申し出るのが普通だ。

アポなしで香坂家にやってきたり、陽と一緒に昼寝をしていたり、ピザを食べたり、とフランクな姿を見せてくれることも多い白狐だが、それはあくまでも本宮の外でのことで、この本宮においては、すべての責任を負う長であり、琥珀たち稲荷の尊敬の対象なのだ。

その白狐の訪れを、琥珀は若緑と他愛のない話をしながら待っていた。

ほどなく、部屋の外に誰かがやってきた気配があり、襖戸越しに声が聞こえた。

「こはくー、おきてる？　おれ、あきのはだけど、びゃっこさまといっしょにきたんだ。はいってもいい？」

それは、琥珀の旧友であり、今は理由あって陽よりもまだ幼く小さい姿に戻っている秋《あき》の波《は》の声だった。

「どうぞ、お入りください」

琥珀が言うと、すいっと襖戸が軽やかに開き白狐と秋の波が部屋に入ってきた。

——え？

正直琥珀は、目の前の光景を疑った。

もしかしたら寝過ぎて幻覚を見ているんじゃないかと思ったが、ちらりと見た若緑も表情が抜け落ちたような顔になっているので、どうやら現実らしいと認識する。

何がそんなに問題なのかと言えば、すべてだ。

なぜなら、相変わらず九尾をわっさわっさと揺らす狐姿の白狐と、その白狐の背中にご機嫌な様子で秋の波が座った状態で入ってきたからだ。

戸惑いしかない琥珀の近くに、何も気にした様子もなく白狐は歩み寄り、その背にまたがったままの秋の波が、

「こはく、やっとあえた！　からだ、だいじょうぶか？」

心配そうな顔で聞いてくる。

だが、まさかの「秋の波ライド白狐」という衝撃の光景に、言葉の内容がまったく入ってこなかった。

「琥珀殿、まだいささか調子が悪いでおじゃるか？」

秋の波と同じく少し気遣わしげな様子を見せながら白狐が言うのに、琥珀はハッとした。

「白狐様、わざわざ足をお運びいただき、恐悦至極にございます。また此度は様々なお気遣いをいただき、感謝の言葉もございません」

布団の上に座り直し、頭を下げて言うと、

「ああ、よいよい。頭を上げるでおじゃる。秋の波、腰を下ろすゆえ、ちゃんと摑まっておるのじゃぞ」

白狐はそう言うと腰を下ろして座し、体勢が変わる間、落ちないように白狐にきゅうっと摑まっていた秋の波は、足がついたので、白狐の背から下り、その隣にちょこんと座り直した。

「こはく、たいへんだったなー。いまは、ちょっとはだいじょうぶなのか？」

何事もなかったように秋の波は聞いてくる。

「ご心配をおかけしました。白狐様のご配慮のおかげで、こうして体を起こせるようになりました」

「そっかー、よかった。でも、まだむりはきんもつだぞ？」

安心した様子で言ってから、琥珀に注意を促す。それに白狐も頷いた。

「そうでおじゃるな。危機的な状況からは脱したとはいえ、それでも、最初に本宮へと思うておった状態には戻っておらぬからな」

「そうなのですか……？　ずいぶんと元の状態に近づいている気がしているのですが」

元通りというわけではないだろうが、どこかに痛みがあるわけでも、力が入らないというわけでもなく、状態は悪くないと思っていたのだ。

「いやいや。それは琥珀殿の気に合わせたこの部屋にいるからこそのこと。まだ、他の者たちの気が触れるのは好ましゅうない。我は、今、そなたの気に合わせておるし、若緑殿にも呪符を持たせておる。秋の波は幼いゆえ、さほど強い気を放ってはおらぬから、大丈夫じゃが」

「そんなおれでも、さいしょは、はいっちゃだめってくらいだったんだから。それから、みっかしかたってないんだし、まだまだ、からだをやすめないと」

白狐にまたがって登場するという、あり得ないことをしでかしておきながら、秋の波はもっともらしいこと言う。

それに、とりあえず琥珀は頷いた。

「そうですね……。この部屋にいるからこその状態であるということを失念しておりました」

琥珀の言葉に白狐は頷いてから、室内を見回す。

「伽羅が特別気合いを入れて腐心して準備しただけのことはあるでおじゃるなぁ……。相変わらず伽羅はそなたのことになると気の入れようが違う」

「ありがたいことです。伽羅殿には日頃から世話になってばかりで、忙しくさせてしまっているのですが、今回もまた余計な心配と世話をかけて」

琥珀を助けるために、領地の大部分を管理してくれているうえ、香坂家の家事も行ってくれている。

七尾の稲荷ともなれば、下仕えの稲荷を従えていることも珍しくないというのに、率先して動いてくれる姿に、感謝の気持ちと同時に申し訳のない気持ちも湧き起こる。

「よいよい。伽羅は、そなたのそばにいられるだけで、何よりの褒美と思っておる。そなたのために働けて本望であろう」

そう言ってから白狐は若緑に視線を向けた。

「若緑にも、部屋係のことを、よく頼んでいったでおじゃる。若緑は、二月前に部屋係から、本殿稲荷に上がったでおじゃるが、琥珀殿のことを知っている者であるほうがよいと言って、此度、若緑には部屋係としてついてもらっているでおじゃる」

白狐の話に琥珀は目を見開き、若緑を見た。

「そうだったか……。一人前の稲荷となられた若緑殿に……。申し訳ない」

琥珀の言葉に若緑は急いで頭を横に振った。

「いえ！　琥珀殿が再び本宮においでになると聞いて、またお会いできるかもしれないと嬉しく思うのと同時に、部屋係から上がったことを残念に思っておりました。ですが、治療のためにおいでになるので、少しでも知った者のほうが琥珀殿の気が休まるのではと、私にお声をかけていただけて、とても嬉しく感じております」

若緑の声や表情から、それは本心であると分かった。

だが、前回本宮に来た時にはそこまで思ってもらえるような特別なことをした覚えのない琥珀は、感謝の念を持つのと同時にやはり、申し訳のない気持ちも抱いた。

しかし、どう言えばいいのか分からずにいると、

「わかみどりどのはやさしいから、へやがかりのしたのいなりからすっごいしたわれてて、ほんでんいなりにあがったときは、みんな、おめでとうっていうのと、ほんでんいなりになっちゃったら、もうあんまりしゃべったりできないーってしょんぼりしちゃうのとで、すっごいかおすだったんだぜ。だから、こんかい、とくべつにへやがかりにもどってくるってきいて、ほかのへやがかりたちがめっちゃはしゃいでた」

秋の波がにこにこしながら、情報を追加してくる。

「秋の波殿、大袈裟です。……いささか長く部屋係をしておりましたので、親しみを持ってくれ

ている者が多かっただけです」

若緑は、少し恥ずかしそうに言う。

以前、本宮に来た時、若緑は部屋係からなかなか本殿稲荷に上がることができないのを悩んでいる様子だったのを思い出した。

その時に自分が何か声をかけたのか、それとも何も言わなかったのか、覚えてはいない。

しかし、本殿稲荷に上がったと聞けば、多少なりとも知った相手だからか、自分のことのように嬉しい気持ちになった。

「本殿稲荷となられた祝いをせねばな」

琥珀が言うと、若緑は、とんでもないとばかりに頭を横に振った。

「いえ、そんな……!」

「えんりょしなくていいってばー。いわってもらえるときはいわってもらっといたほうが、ぜったい、いいって」

秋の波はそう言ったあと、

「あ、そうだ！　おれが、びゃっこさまにのってたこと、そっきんどのたちには、しー、な？」

人差し指を立てて、内緒、のポーズをとって、秋の波は口止めし、白狐も頷く。

その言葉に、琥珀と若緑は、衝撃の姿を思い出した。

だが、内緒、と言っているからには、本人たちも多少は「やっちゃいけないこと」という認識はあるらしい。

秋の波の言葉に、かしこまりました、と若緑が返すと、秋の波はほっとしたように息を吐いた。

「よかったー。ささらえどのあたりなら『いけませんよ』ってかるくほっぺをつねるくらいですませてくれるけど、くれぐもどのにしれたら、ぜったいおしりたたかれるもんなー」

「我は、きっとおやつを取り上げられたうえ、仕事を倍にされるでおじゃる」

秋の波と白狐が互いに言う。

——叱られる認識までしていて、なぜ踏みとどまらぬのか……。

秋の波は、姿こそ子供だが、中身は五尾であった頃と大差ない。とはいえ、感情面が子供である体に引きずられがちだと聞いているので、多少は仕方がないのかもしれない。

だが、白狐はいささか問題だろう。

二人はとても気が合い、仲がいいということは琥珀も知っているが、本宮の長たる者が、お馬さんごっこの馬に興じた、などという姿は、あまり外に知られていいものではない。

「……おふた方は、さきほど、なぜあのようなお戯れを?」

琥珀は精一杯、言葉を選んで聞いた。

知ったところで何がどうということでもないのだが、知りたかった。

その琥珀の問いに、

「罰ゲームでおじゃる」

白狐は一言さらりと言った。

「罰ゲーム……ですか」

問い返す琥珀に、白狐は頷き、秋の波が口を開いた。

「このまえ、びゃっこさまと『あっちむいてほい』でしょうぶしたんだ」

それは数日前のことだ。

影燈《かげとも》が外の仕事でおらず、秋の波は少し退屈していて、非番の稲荷の部屋を渡り歩いて遊んでもらっていた。

そして渡り歩いた最後に辿り着いたのが白狐の部屋だった。

「びゃっこさま、おしごといそがしい？」

白狐の部屋の前にいた側近の紅雲《くれぐも》に聞く。

「さきほど、書類を仕上げられて、今少し休んでおいでですから、どうぞ」

紅雲も秋の波と白狐が仲がいいのは知っているし、白狐が秋の波の訪れを断らないことも知っているので、通してくれた。

「白狐様、秋の波殿がお見えですよ」

紅雲が言うと、座布団の上で丸くなってくつろいでいた白狐は頭をもたげて秋の波を見た。

「おお、秋の波。いかがしたでおじゃる？」

「きょうは、かげともがしごとでいないから、みんなにじゅんばんに、あそんでもらってるんだー。びゃっこさま、ちょうどおしごとおわったってきいたから、いっしょにあそんで」

直球で要求を口にする秋の波に、紅雲は微笑ましそうに表情を緩め、

「白狐様、よかったですね。惰眠《だみん》を貪らずにすみますよ。秋の波殿、私は少し連絡事がありますので外しますが、白狐様がうっかり昼寝をしないように、遊んであげてください」

そう言うと、部屋をあとにした。

「……びゃっこさま、またひるねしすぎて、よふかしになってねぼうしたのか？」

紅雲の言葉から推測できたことを秋の波が問うと、白狐は少し首を傾げた。

「昼寝をしすぎて夜更かしになったのか、夜更かししたゆえ昼寝をしたくなるのか、もうどっちが先かは忘れたが、まあ寝坊しかけたのは事実でおじゃるな」

「せいかつさいくるって、みだれたら、なおすのむずかしいっていうもんなー。おれは、ひるねしても、きっちりよるはよるで、ねむたくなっちゃうけどさー」

「健康的でうらやましいでおじゃる。……さて、何をして遊ぶ？」

白狐は座布団の上に座り直し、問う。

「しょうぎは？」

秋の波が提案してくれたが、

「このあと、客と会わねばならぬゆえ、将棋をするほどの時間はないでおじゃるなぁ」

予定を考えると、一局終わるまでの時間はなさそうだし、途中で終わると気になって客と会っ

ていても後の戦術展開を頭の中でシミュレートしてしまうことになる。それでは客に失礼なので将棋は却下した。

「そっかー。じゃあ、いつでもやめられるのにしよっか。『かいぞくききいっぱつ』は？　へやからとってくるけど」

おもちゃの剣が突き刺せるように穴が複数開いている小さな樽《たる》に海賊の人形が仕込まれていて、穴へ順番に剣を突き刺し、仕込まれた海賊の人形が飛び出したら負け、というおもちゃで、短時間で遊べるため、二人は時々それで競っている。

「先般、飛び出した人形で障子を破ってしもうたゆえ……しばらくは控えぬか？」

「あー……めっちゃ、せいざさせられたもんなー」

実はそのおもちゃは、遊び過ぎたのか、一度壊れてしまった。それを、そういうものの修理を得意としている稲荷が直してくれたのだが、その際に、

「とびだすいきおいが、つよいほうがおもしろいんだけどなー」

と言った秋の波のリクエストに応えて、中のバネを強くしてくれたのだ。

おかげで、飛び出す勢いがかなり強くなり、それまでよりもスリルが味わえてますますお気に入りになったのだが、先日、飛び出した角度が悪く、白狐の部屋の障子を突き破って外に飛んでいってしまったのだ。

当然、側近に見つかり、改造したこともバレて、白狐は、

『私たちは、遊んでいて障子を破りました』

と書かれたプレートを下げさせられ、秋の波はその隣で廊下にじかに、三十分、正座させられた。

「かいぞうしたのはおれじゃないのにさー、ちょっとりふじんだとおもうんだよねー」

「そうなのじゃ。たまたま当たり所が悪かっただけなのでおじゃるが……反論すると、正座の時間が倍になったであろうしな」

「たしかにそうだよねー」

叱られたら素直に謝る。

それが一番、早く許してもらえる方法であることを知っている二人である。

つまりこれまでもいろいろやらかして、何度も怒られた統計の結果というわけだが、統計が取れるほど怒られているということでもある。

「じゃあ、なにしようかなー。……あ、そうだ。あっちむいてほいしよ！　きゅうかいしょうぶのそうごうせいせきで、まけたほうが、かったほうのいうことときくの」

「おお、よいでおじゃるな。では、片方の手だけ変えるでおじゃる」

白狐はそう言うと、小さく呪を唱え、片方の手だけを人間のものにする。

「なんか、えほんの、てぶくろかいにいくはなしみたい」

読んでもらったことのある絵本を思い出し、秋の波は言う。

「また、人界へ遊びに行きたいでおじゃるなぁ」

しみじみとした様子で白狐は言う。

本宮の長という立場にいる白狐は、そもそも休みというものがほとんどない。結構な激務なのだ。

「そうだねー。みんなでまた、りょうせいどののとこいって、きゃらどののぴざたべたいよねー」

「我は、ドリアも好みでおじゃる」

二人はしばし、香坂家で過ごしたことを思い返し、楽しむ。そして、

「では秋の波、勝負するでおじゃるか」

「うん！　よろしくおねがいします」

秋の波は行儀よく一礼してから、一つ息を吐き、

「じゃあ、せーの！」

「「さいしょはぐー、じゃんけんほい、あっちむいてほい、さいしょはぐー……」」

二人は「あっちむいてほい」を始めるが、それはほのぼの感皆無の、二人ともに反射神経のすべてを集中させての真剣なものだった。

一度の勝負がつくのに三分程度かかることもザラだ。

先に集中力の途切れたほうが負ける。

正直、このゲームにそこまで真剣になるのもどうかと思うのだが、二人は楽しそうだ。

互いに四勝四敗と、まったくの五分で迎えた最後の九回目。

罰ゲームがかかった最後の一戦は、それまで以上に白熱し、五分近い勝負になった、そして、

「あっちむいてふぉい……っ　……！　やったぁぁぁぁ！」

勝利の雄たけびを上げたのは、秋の波だった。

「ああああ……、長い勝負でおじゃったなぁ。じゃが、よい一戦であった」

「ながいしょうぶでかつと、たっせいかん、はんぱない。あー、ほんとうれしい…！」

にこにこして言う秋の波に、白狐も、分かる分かると同意するように頷いてから、

「さて秋の波、我に何をしてほしいでおじゃる？」

負けたほうが勝ったほうの言うことを聞く、という最初の条件に基づき、白狐が聞いた。

その言葉に、秋の波は、えっとねー、としばらく考えてから、あ！　と何か思いついたように顔をぱっとほころばせ、無邪気に言った。

「おれ、びゃっこさまにのってみたい！」

……。

………。

…………ぱーどぅん？

思わず英語で聞き返したくなるほど、思ってもいない言葉だった。

「…我に乗る、でおじゃるか」

「うん。おうまさんごっこみたくさー。こどものあいだしか、できないとおもうんだよね！」

ものすごくいい笑顔で秋の波は言う。

確かに、子供の間しか無理だろう。サイズ的に。

だが、相手は白狐だ。

本宮の長である。

本宮の長を相手に「おうまさんごっこ」など、そもそも思いつく時点でどうかしている。

どうかしているのだが、相手は秋の波だ。

子供の姿になる以前、元の秋の波だった頃でも、いろいろと本宮でオモシロ事件を起こすので有名だった。

それゆえ、白狐も「そうきたか」と、すぐに流された。

「では、乗るでおじゃるか?」

白狐が腰を上げようとした時、戻ってきた紅雲が、間もなく客人が来るから準備を、と部屋の外から声をかけてきて、また後日、ということになったのだ。

「そのときのばつげーむをまだやってもらってなかったから、じゃあ、こはくのところにいっしょにいって、わらわせようってなったんだー」

無邪気な可愛い笑顔で秋の波は言う。

それに白狐も笑みながら頷いた。

「そういうことでございましたか」

さすがの琥珀も、いろいろと突っ込みたい気持ちではあったが、微笑みながら、そう返すに止める。

だが、秋の波はともかくとして、白狐は普段、長として気の張ることが多いだろう。

それを思えば、秋の波と、何も考えずに笑って過ごせる時間というのは癒やしになっているのかもしれない、と感じた。

「あ、そうだ。ただくちどめするのもなんだからさー」

秋の波はそう言うと、懐から小さな巾着を取り出した。

そしてその中をさぐって、小さな紙切れのようなものを取り出すと、若緑と琥珀に一枚ずつ渡した。

「これ、あげる」

そう言ってくれたのは、白狐と秋の波が二人、笑顔で顔を寄せ合い一枚に収まっているシール状の写真だった。

そこには、秋の波が書いただろう「ズッともだよ♥」というメッセージがピンク色でつけられていた。

「……もしやこれは、ぷりくら、とかいうものでは……?」

琥珀は撮影したことはないが、ショッピングセンターの角にその機械があり、陽が孝太《こうた》と一緒に撮影したのだと言って持ち帰ったことがある。

「うん！　こはくはさすがにしってたかー。おれ、じんかいで、ははさまとどったことがあって、びゃっこさまともとりたいなーっておもってたんだけど、びゃっこさまとじんかいで、ぷりくらとるわけにいかないじゃん？　なんとかなんないかなーっておもってたら、ふさときがけいたいでんわでおれとびゃっこさまをさつえいして、それをかこうして、しーるにいんさつしてくれたんだ」

秋の波はそう言ったあと、

「びゃっこさまがうつってるから、なんかごりやくありそうだろ？」

相変わらずにこにこして言う。

若緑はシールにじっと見入ったあと、

「白狐様の御尊影をいただけるとは……恐悦至極。宝物にいたします！」

本気マックスの嬉しさを秘め、礼を言った。

「えー、そこまでいう？　じゃあ、ほぞんようにもういちまいあげるから、いちまいはなにかにはってつかってよー。あ、ははさまといっしょにとった、ほんものもあるけど、それもいる？」

感動する若緑に、秋の波はそう言って、白狐とのシールをもう一枚、そして玉響《たまゆら》と一緒に撮影したものも巾着袋から取り出し、若緑に見せる。

「そんなもったいのうございます……」

若緑にとっては、別宮の長を務める玉響も、白狐と同等に尊い存在である。

その玉響の写真をも、と言われて恐縮したが、

「おれ、まだなんまいもあるから、いいよー。はい」

秋の波は気前よく玉響との分も若緑に渡した。

「……ありがとうございます。本当に、大事にします！」

感激しきった様子の若緑に、秋の波は「くちどめ、くちどめ」といたずらな微笑みを浮かべて言ってから、白狐の隣に座りなおした。

「こはくのちょうしがもっとよくなったら、かげともとかもいっしょに、ごはんするか、おちゃするかしよ？」

「そうですね……。今少し、調子が戻れば」

琥珀が言うと、

「あと、二、三日といったところでおじゃるな。そうすれば、一日起きていられるようになるでおじゃるし。部屋の外に出るのはまだもう少し先であるが」

白狐が目安を口にする。

「本来の、白狐様が想定をしていらっしゃった状態には、いつ頃戻れましょうか？　自分の身でありながら、見当がつかず……」

琥珀が問うと、白狐は、

「十日から二週間もあればと思うが、安静にしてこそでおじゃる。……さて、秋の波、そろそろ行くか。琥珀殿にはゆっくりしてもらう時間が一番必要ゆえ」

と、秋の波を促した。それに秋の波も素直に頷き、

「うん。じゃあ、またくるね」

白狐とともに立ち上がって、部屋をあとにする。

二人を見送ったあと、

「再び琥珀殿の部屋係を務められましたことだけでも嬉しゅうございましたのに、このように間近で白狐様とお会いできて、お写真まで……。それに、私が本殿稲荷に上がったことも存じてくださっていたとは」

若緑は感動冷めやらぬ様子で呟く。

本殿稲荷は多くいる。その中で自分のことを白狐が知ってくれていた、というのは感激して当然のことなのだろうと思う。

「よかったな、若緑殿」

若緑にそう言うのと同時に、「秋の波ライド白狐」を見てもまだ、白狐への尊敬がまったく失われていないことにも、琥珀はよかった、と思うのだった。

3

「わぁ、おひるから、おさしみ！」

週が明けた火曜の昼食時、診療所の奥の部屋の机の上には、伽羅が持ってきた重箱と一緒に、盛り合わせの刺身パックも置かれていた。

「豪勢だな。どうしたんだ？」

夜に刺身というのはたまにあるが、それも、昼間に買い物に出かけた日に限ってのことだ。

今日は診療所があったので買い物には出かけていないし、日曜の買い出しの時にも刺身は買わなかった。

「原田《はらだ》のおばあちゃんからのいただきものなんですよー。今日、食べるつもりで昨日の買い出しで買ってきてもらったらしいんですけど、出かける予定があったの忘れてたからって。夜も食べて帰るし、明日ってなるともう食べるのをためらっちゃうからもらっていって」

伽羅の説明に涼聖は納得した。

「そうだったのか。じゃあ、ありがたくいただこう」

涼聖の言葉で三人は手を合わせて、いただきます、と言ってから昼食を始める。

「ボク、おさしみすき」

陽は嬉しそうに言って、サーモンを自分の皿に運んだ。

「陽ちゃん、サーモン好きですよねー」

「うん！　ほかのもぜんぶすきだけど、どれかひとつだけたべていいよっていわれたら、サーモンにする。きゃらさんは？」

問い返されて伽羅は盛り合わせをじっと見て悩む。

「うーん、そうですね……サーモンももちろん好きですし、イカの甘さもいいし…ハマチのコクのある感じも無論おいしいですし…マグロは赤身部分のシンプルなおいしさに、トロの部分のまったりとした濃厚な感じの両方が味わえて優秀だと思いますし……」

真剣に検討する伽羅だが、涼聖は伽羅が口にした、ある魚の名前に反応した。

その魚とは、マグロである。

——人の世界で言うところの『マグロ』というものだろう、私は——

琥珀が言っていた言葉が思い出されたのだ。

あの時は特に何も思わなかったが、考えてみれば引っかかることがある。

——『マグロ』なんていう情報、あいつ、どこで仕入れてきたんだ……？

琥珀が猥談《わいだん》めいた情報を積極的に仕入れているなどとは思えないし、あの言い方からすると誰かから聞いたと考えるのが妥当だ。

——そんな話をするってなると、かなり親しい間柄で、俺との関係についても知っている相手ってことだろ……？

涼聖との関係を知っている、という時点でかなり絞られる。

人間では、倉橋しか知らないだろう。

人間以外となると少し増えるが、その中で琥珀にそんな話をする相手と考えると、候補の一番手に名前が挙がるのは伽羅だ。

――あとで、聞いてみるか……。

涼聖はそう思いながら刺身の盛り合わせに箸《はし》を伸ばし、マグロの赤身を取ると、醤油《しょうゆ》をつけて口に運んだ。


昼食を終えると、陽は元気に集落探索に出ていった。

元気な理由は、昨日、琥珀から手紙が来たからだ。

涼聖と伽羅宛てと、陽とシロ宛てがあり、陽とシロ宛ては、陽が指で文字を辿れば陽の頭に簡単な言い回しになって伝わるように術が施されていた。

陽が自分とシロ宛てのを読みあげたので、手紙の内容は大体一緒――なかなか筆を執ることができなかった詫びと、少しずつ元気になってきている、ということ――だったが、涼聖と伽羅宛てのものは、いろいろなことがもう少し詳しく書かれていた。

到着してしばらくは、とにかく全身が眠りを欲しているようで寝て過ごすしかなかったことや、部屋の外に出ることもできないし、部屋を訪れる者も厳しく制限されていることなどが書かれていたが、

『斯様《かよう》な状況で過ごさねばならないような状態なのだと、こちらに来て思い知り、皆にはどれほど心労をかけたであろうかと、今さらながら思っている』

と、やっと自分の状態を自覚したようなことも書いてあった。

それを読んで、琥珀を最速で送り出しておいてよかった、と涼聖は改めて思った。

「陽ちゃん、元気になってくれて、よかったですねー」

陽を見送り、奥の部屋に戻ってきた伽羅は安堵した様子で言う。

「ああ、そうだな。琥珀が元気になってきてるって分かって、安心したんだろう……。まあ、会えない寂しさには、これからも襲われるだろうけどな」

涼聖はそう返してから、あのことを聞くことにした。

「伽羅、ちょっと聞きてえことあるんだけど、いいか？」

「なんですかー？」

「おまえ、琥珀とマグロのこと、話したことあるか？」

その問いに、ちゃぶ台の前に座りなおした伽羅は首を傾げた。

「マグロ……ですか？　いえ、特に琥珀殿とマグロについて語り合ったことはないですねー。琥

珀殿ってマグロお好きでしたっけ？」

どうやら伽羅の脳内には魚のほうのマグロが浮かんでいるようだ。無理もないが。

「いや、そっちのマグロじゃねえ」

「そっちって言われても……目黒《めぐろ》のマグロのほうとか？」

「落語でもねえし、それはマグロじゃなくてサンマだろ」

即座に帰ってきた否の言葉に、伽羅は困惑する。

「あ、そうでしたね。じゃあ、どのマグロなんですか？」

流れが見えていない様子から、伽羅が犯人ではないことは分かった。

「あー、やっぱいい。おまえじゃないのだけは、分かった気がする」

「何が俺じゃないんですか？　気になるじゃないですかー！　特に琥珀殿に関係したことってなったら！　教えてくださいよー」

と、追及してくる伽羅に、涼聖は一つ息を吐いてから口を開いた。

「絶対、おまえの気に食わない話になると思うけど、怒んなよ。……ちょっと前の夜、琥珀に聞かれたんだ。マグロの自分が相手でつまらなくねえかって」

涼聖の言葉に伽羅は一瞬キョトンとした顔をして、それからキレた。

「ちょ……！　涼聖殿！　琥珀殿になんてことを！」

「だから、怒んなっつっただろ。別に琥珀がマグロだとか、そんなことは思ったことねえし、つまらねえと思ったこともねえよ」

積極的な琥珀というのを見たくないというか体感したくないというわけではないし、それはそれでかなり萌えるとも思うが、とりあえず夢のまた夢のような気がするし、現状でまったく不満はないのだ。

「じゃあ、何で琥珀殿がマグロだなんて……！」

そう言った伽羅に、

「そこだよ」

冷静に涼聖は返し、続けた。

「そもそも琥珀が、その手の話の隠語っつーか、まあそういう情報に聡《さと》いとは思えないんだよな。なのに何で知ってんだ？　って思って」

「確かに……それはそうですよね。琥珀殿とそういう話をしたことはないっていうか……。稲荷によっては酒宴の場なんかで、そういう話を好んでするのもいるっていうか、まあ話の流れでその手の話になることも、ないわけではないんですけど……。いくら酒の席だといっても、琥珀殿とそういった話って想像つかないっていうか、琥珀殿にそんな話を振る無謀な相手もいない気がするんですよね」

伽羅が部屋係だった頃、琥珀が酒宴に呼ばれることは多くあった。というか、琥珀と話をしたいという稲荷が多くて、夜は大体酒宴になった。

幼かった伽羅は、酒宴の最後まで付いていることはなく、途中で眠りに部屋に戻っていたので、浅い時刻の酒宴の雰囲気しか分からないが、どの時も、みんな楽しそうに話はしていたが、和やかで上品な集まりだった。

「だよな。……まあ、琥珀も三百年近く生きてんだし、人の生活を守ってきたんだったら、住民からその手の情報を仕入れたとしてもおかしくはないんだが」

「うーん……。神社や神棚で『私、マグロなんです。どうすればいいですか？』って祈ったりします？　俺たち基本的に、呼びかけられた時しか、人の願い事っていうか、話って聞かないんですよね。デバガメっぽくなっちゃうじゃないですか」

「あー、そうなんだ？」

「そうです。なんていうか、一軒の家に勧請された場合は別なんですけどね。使命がその家を守って隆盛させるってことになるんで、家族の言動に気を配って、神棚に手を合わせたり、神様って呼びかけられたりしなくても、一通り聞いておいて、気になる言動に注意する、みたいな。けど琥珀殿の場合、集落全体を守ってたんで……」

かつてあった琥珀を祀っていた集落の規模は比較的大きなものだった。それは山の上にあった琥珀の祠の規模からも推測できたし、染乃《そめの》も、昔はここは大きな集落でねと言っていた。

「確かに、わざわざ神棚や神社で祈る話じゃないよな」

「でしょー？」

「だったら、誰だよ？　って思わないか？」

涼聖の言葉に、伽羅は腕組みをする。

「ここ最近仕入れた言葉っていうか、概念だと思うんですよね。今になって言いだしたってことは」

「最近琥珀と接点があって、そういう話をする相手となると、極端に絞られてくるだろ？　俺はその中で、一番接点の多いおまえじゃないかって思って聞いたんだけどな」

涼聖に言われ、伽羅は頭を横に振る。

「やめてくださいよー。俺にとって琥珀殿は聖域なんです。恋愛成就願望は限りなく高いっていうかもうマックスレベルに到達してますけど！」

「うん、なんか、いろいろ矛盾して葛藤してるってことだけは分かった」

「そうなんです。でもまあ、俺のターンに入るまで、あと六、七十年あるみたいなんで、それまでにはこの葛藤も昇華して、ラブエンドルートに入れると思います」

「とりあえずおまえじゃないってことと、相変わらずアプリで恋愛シミュレーションゲームやってるってことだけは分かった」

涼聖はそう言って、

「おまえじゃないとしたら、誰なんだろうな」

本筋に話を戻し、首を傾げる。

「琥珀殿と接点があって、涼聖殿とのことを知ってる相手ってなりますよね？　月草殿や玉響殿もそうでしょうけど、していい話と悪い話はご存じですし、あとは倉橋先生と橡殿ですけど……、鈍感鳥の線はないと思うんです」

伽羅も涼聖とだいたい同じ認識のようだ。

「じゃあ、倉橋先輩か？」

確かに確率は高いと思う。

何しろいきなり涼聖にローションを持ってないかと聞いてきた男だし、なんとなく察するに、対橡に関しては琥珀と同じポジションだろうから、気になって聞いたとか、そういう可能性もないわけではない気がした。

「あー、あと、もう一人いますよ。普段寝てますけど、いきなり爆弾発言やりそうなのが」

「あ……あいつ」

涼聖の脳内に浮かんだのは、当然龍神《りゅうじん》だ。

「確かにあいつならあり得るな。空気も読まねえで、脈絡もなくいきなりその話をブっ込んできてもおかしくねえ」

「帰ったら、聞いてみましょう。あーでも、起こしたら起こしたで面倒なんですよねー。お酒飲み始めそうで」

そう言う伽羅に、

「今度、あいつがたまたま起きてた時に、でいい。犯人特定できたところで、大して何にもならねえ話だから」

涼聖がそう言って柱の時計を見た。

「さて、そろそろ往診行ってくる」

「はーい、気をつけて」

軽く見送りの言葉をかけられ、涼聖は立ち上がると往診に出かけた。

◆◇◆

涼聖と伽羅がマグロの犯人捜しを一旦終了した頃、本宮では、琥珀が部屋でゆっくりと本を読んでいた。

昨日あたりから一日体を起こしていてもさほど疲れを感じることもなくなっていて、部屋から出ることはできないものの、本を読んだり、書の練習などをして過ごしている。

起きていられる時間が増えたので、布団も、軽く畳んで端に置いてある。押し入れにしまうところまでしないのは、いつでも横になれるようにしておくためだ。

治療のためとはいえ、贅沢な時間の過ごし方をさせてもらっていると感じるのと同時に、少し罪悪感めいたものがある。

いや、罪悪感とはまた違うだろう。

気にかかるのだ、家のことが。

伽羅がいるので、問題は起きていないだろうと思う。

それでも忙しいだろうし、負担は大きくなっているはずだ。

陽も、周囲がいろいろと気にかけてくれているだろうが、寂しい思いをしているかもしれない。

そして、涼聖。

琥珀のことを心配して、一日も早くと送り出してくれたが、送り出したら送り出したで様子がわからない分、心配しているのではないだろうか。

――文も、ようやく昨日、出せたところだしな……。

起きていられるようになってから、幾度か書こうとしたが、書くことがまとまらなかったのだ。

ようやく昨日になって、考えをまとめられる程度に頭が動くようになったのか、文を書くことができた。

本宮に来て目が覚めてから、もう大丈夫だとそのたびに思ってきたが、思い返せばまだまだぼんやりとしていた。

今も「もう大丈夫なのでは」と思っているが、おそらくは数日すればあの時もまだ本調子にはほど遠かったな、と思い返すことになるのだろう。

——焦ったところで、致し方ないな……。

胸の奥で独りごちた時、

「こはくー、はいっていい？」

部屋の外から、秋の波の声がした。

「どうぞ」

そう答えると、襖戸が開き、秋の波と影燈が一緒に入ってきた。

「お待ちしておりました。秋の波殿、影燈殿」

琥珀が出迎えの言葉をかけると、影燈は襖戸を閉め、入口近くで一度腰を下ろした。

「久しぶりです。お加減はいかがですか」

「日に日に上向いていて、自分ではもうずいぶんとよくなったように感じるのですが、白狐様からすればまだまだ心もとない、という感じのようです。どうぞ、こちらへ」

琥珀が促すと、影燈は再び立ち上がり近づいてきて、来客用に準備してあった座布団に秋の波と一緒にならんで座る。

部屋へ出入りするものが制限されていたのと、影燈が日中、任務で本宮にいなかったこともあって、会うことができなかった。

今日になってようやく、影燈が午後から本宮にいることになったのと、琥珀の調子もよくなってきたので、会えるようになったのだ。

「こはく、これ、くりやのおさにたのんで、つくってもらったんだ。おちゃのみながら、いっしょにたべよ」

秋の波は影燈が持っていた風呂敷包みを前に押しやり、言う。

「わざわざ、厨の長殿に頼んでくださったのですか」

「うん！　おさどの、こはくにたべさせたいっていったら、すっごいはりきってくれた。わかみどりどの、いるー？」

秋の波が呼びかけると、すぐに控えの間から「おります」と声があり、すっと隔ての襖戸が開いた。すでにお茶の準備を整えてくれていたようで、人数分の湯のみが載ったお盆を持って若緑は入ってきた。

「遅くなってすみません、お茶をお持ちしました」

「わー、おねがいするまえにおちゃでてきた。さすがわかみどりどの」

秋の波はあれから毎日、短時間だが琥珀の様子を見にやってきて、その時に若緑ともいろいろ話すので、すっかり仲良くなった様子だ。

というか、秋の波は以前からいろんな稲荷に遊んでもらっていて、その中に若緑もいたらしい。

幼い秋の波は、今のところ本殿ではすることがほとんどない。

そのため暇を持て余しては、いろんな稲荷のところに遊びに行っているのだ。

もちろん、子狐の館と呼ばれる、見習いに上がる前に子狐たちが集まって暮らしている場所が本宮内にあり、そこに行くこともわりと多いのだが、その日の気分で本殿で過ごすこともよくある。

そして本殿にいる時は、いろんなところに出没しているのだ。

しかし、愛らしい姿の秋の波は、普段、子供と接しない本殿稲荷たちには好評で「見てるだけで癒やされる……」と、秋の波が来るのを心待ちにしている者もいるくらいだ。

見習いの部屋係たちも、秋の波がぽてぽてと歩いていると、お兄ちゃん・お姉ちゃん心が疼くようで、何かと相手をしていた。

そんな中の一人が、若緑だったのだ。

「いっぱいつくってもらったから、わかみどりどのも、いっしょにおちゃにしようよ」

秋の波がそう言って誘うと、若緑は、

「ありがとうございます。ですが、気が置けない皆さまでなさるお話もございますでしょうから、お気持ちだけいただきます」

やんわりと辞退を申し出る。

「えー、いっぱいあるのに、ほら」

秋の波は包みを開き、中に入っていた丸い菓子器の蓋を開ける。

そこには色とりどりの和菓子が、ざっと数えただけで十以上入っていた。

「さすがは厨の長殿……、目でも楽しませていただける」

琥珀はそう言ってから、若緑を見た。

「一緒に、というのは難しくとも、菓子だけいただいて好きな時に食べるといい。これほどあるのだから」

「うん、そうして！」

琥珀に続き、秋の波も言う。

「いえ、しかし……」

遠慮する若緑に、

「もしかすると、甘いものが苦手だったか？」

そう聞いたのは影燈だ。

「いいえ、好きです」

「ならば、遠慮することはない。好きなものを取るといい」

琥珀が菓子器をそっと若緑のほうに寄せると、若緑は、

「では…、お言葉に甘えて……」

添えられていた取り分けるための箸を手にしてから、琥珀と秋の波、そして影燈を見た。

「二つ、いただいてもよろしいでしょうか。今日、見習い稲荷の一人に相談に乗ってほしいと言われていて、その時に食べさせてやりたいのです」

「えんりょがちだなー。よっつもってけばいいじゃん。そしたら、ふたつずつできるだろー？」

秋の波が言い、琥珀と影燈も頷いた。

「そんな、四つもなんて……」

「嫌いでなければ、いただいておくといい」

琥珀が言うと、若緑は、すみません、と言ってから懐紙の上に四つ、菓子を取った。

「厚かましく、先にいただきました」

「こちらから言ったのだから、気にすることはない。見習い殿の相談に乗る時間は、決まっているのか?」

「いえ…、今日は休みで部屋にいるので、いつでも私の時間のある時にと」

「では、今から行ってくるといい。こちらのことは気にしなくていいから」

琥珀はそう言ったが、若緑の性格上「では、行ってきます」などとは言えないだろうと思っていると、おそらく秋の波も同じくそう感じていたのだろう。

「そうだんしたいってことは、なにかなやみごとがあるってことだろ? だったら、はやくいってあげたほうがいいって。ぜったい、もんもんとしながらまってるからさー」

背中を押すように言い、琥珀も「そうしなさい」と続けると、若緑は、

「ありがとうございます。かさねがさね…お言葉に甘えさせていただきます」

そう言うと菓子を持ち、控えの間に下がった。

「若緑殿は面倒見がいいから、本殿稲荷になった今も、見習い稲荷たちの相談によく乗っている

ようだ」

影燈が言うのに、秋の波も頷いた。

「ふんいきがやわらかいから、そうだんしやすいんだろうなー。やっぱ、おなじせんぱいでも、そうだんがしやすい、しづらいって、あったもんなー」

昔のことを思い出したように言う秋の波に、

「おまえの悩みは大体が『どうやったら叱られるのを回避できるか、うまい言い訳を教えてほしい』だろう」

呆れた様子で影燈が言う。

「ちがうし！　うまいいいわけじゃなくて、せつめいするための、いいひょうげんほうほうをおしえてほしい、だし。かげともだって、そのおんけいをうけてきたじゃんかー」

「ほとんど、おまえと一緒にいてのとばっちりだったがな」

罪のない言い合いをする二人の様子に琥珀は微笑む。

「相変わらず、お二人とも仲がいい」

「うん、なかはいいよ。よく、かげともにおこられるけど」

ケロリとした様子で秋の波は言う。

それに影燈は小さく息を吐いた。

「怒られるようなことをするからだろう。小さい姿だから、みんな大目に見てくれてるし、忘れがちだけど、おまえ中身は大人の時と同じなんだろうが」

「そうなんだよねー。いちおう、やっちゃだめかなっておもうこともあるんだけど、ふみとどまれないっていうかさー。りせいをふりきって、かんじょうのおもむくままにやっちゃうってことが、わりとおおいんだよね」

小さな体で腕組みをして、真面目たらしい顔で「何ゆえに自分はイタズラを踏みとどまれないのか」を考える姿は、とても可愛らしかった。

「感情面がお体に引きずられがちだと以前おっしゃっていたように思いますが、そのせいではないのですか」

琥珀が言うと、

「引きずられがちなんてもんじゃない。まるっきり子供だ」

影燈が訂正してくる。

「まあ、いいじゃん。みんなみためではんだんするし。なー、そろそろたべよー？　おれ、すっごいたのしみにしてきたんだー」

秋の波がそう言って、菓子器を指差す。

「そうですね、いただきましょう。秋の波殿、先にお選びください」

琥珀が秋の波のほうへ菓子器を寄せる。

「え、だめだよ。こはくのためにつくってもらったんだから、こはくから、えらんで」

遠慮する秋の波に、

「秋の波殿が頼んでくださったからこそです。どうぞ、秋の波殿から」

琥珀はそう言って先に選ぶよう促す。

「いいの？　じゃあ、ひとつめはこれにする」

秋の波は濃い黄色をした菓子を指差した。それを影燈が箸でつまんで、懐紙に載せ、秋の波の前に置く。

「そのまま、影燈殿もお選びください」

箸を持っているついでに、と琥珀が促すと、

「さすがにそれは。琥珀殿、取り分けるから、選んでくれ」

秋の波は子供（見た目だけだが）なのでいいだろうが、さすがに自分が先にというのはできないようだ。

影燈の性格を考えても、しないだろうとすぐに分かったので、琥珀は、では、と淡い緑に色づいた菓子を指差した。

影燈はそれを同じように懐紙に載せて琥珀へと渡したあと、自分はシンプルに豆大福と思える菓子を取った。

「では、いただきます」

琥珀がそう言って黒文字で菓子を切り分け、口に運ぶ。

「これは……豌豆《えんどう》か」

口の中に広がったのは、やわらかな甘さを持つ豌豆の風味だった。

「あー、だからみどりなんだ。おれのはさつまいもだった。きいろだから、くりかなっておもったけど」

「秋の波殿は栗がお好きでしたか」

「くりも、いももも、どっちもすき」

秋の波はにっこり笑って無邪気に返す。

その様子は陽を思い出させた。

——陽、いかがしている？

胸の中で呼びかけた琥珀に、

「先般、琥珀殿がお住まいの近くで事故があったが……」

影燈が聞いた。

「ええ。伽羅殿から本宮にも報告が上がっているかと思いますが、結局、原因は分からずじまいで……」

「しぜんにおきたものじゃないってことだけは、たしかなんだろ？」

お菓子を口に入れながら、秋の波が問う。

「あの規模の土砂崩れであれば、事前に何らかの気配があって然るべきなのですが、それがまったくなかったことを考えても、何ものかが気配を消していたとしか」

「野狐《やこ》の件もそうだが、各地の空になっている祠の件も一向に進展が見えん。……今回の事故がそれと関連しているのかどうかも、現時点ではまったく分からんが……関連しているとすれば、厄介だと黒曜《こくよう》殿が」

影燈が言うのに、琥珀も頷く。

その中、秋の波が、

「せっかくこはくといっしょに、おちゃのんでるんだから、しんきくさいはなしすんのやめよーよー。なぁ、かげとも、こんどはこっちのあかいのとって」

一つ目の菓子をたいらげた秋の波が、二つ目の菓子を指差す。

「はいはい、まったくおまえはマイペースだな」

影燈は呆れた声を出しながらも、秋の波が指差す菓子を取り分けた。

野狐化に関しては、秋の波にとっても無関係な話題ではない。

というか、渦中にいると言ってもいいのだ。

なにしろ秋の波は、一度野狐化し、魂の大半を穢《けが》れに侵され、残った部分で作り上げることができたのが、今のこの幼い体だ。

野狐化したあと、こうして存在できていること自体、あり得ないことで、そのうえかつての記憶を有しているということは奇跡に近い。

これまで野狐化したものは皆、救いようがなく、消滅していったのだから。

「なあ、こはく、みんなげんきにしてる？」

取ってもらった赤いお菓子を切り分けながら、秋の波が問う。

「ええ、おかげさまで。陽とは確か、夏にお会いに……」

「うん！　ははさまと、つきくささまと、はるちゃんと、あとおつきのいなりと、こまいぬのきょうだいさんとで、ぷーるであそんだ。ははさまとつきくささまは、ぷーるさいどでおしゃべりしてたけど、おれとはるちゃんは、なみのあるぷーるとか、うぉーたーすらいだーとかで、あそんだんだ。あれ、すっごいんだぜ！　びゅーんってすっごいそくどですべってって、ぷーるにばっしゃーんてとびこむの」

秋の波が夏の思い出を生き生きと語りだす。

月草と、秋の波の母である玉響はもうすっかり親友同士で、二人だけで買い物に出かけたりすることもあるが、大体は双方子連れ——月草の場合、陽は実子ではないが——で、遊びに行くことが多い。

集落で唯一の診療所の医師という涼聖の立場上、陽を遠出の旅行に連れていってやることがなかなかできないので、本当にありがたいのだが、月草に多少の申し訳のなさも感じる。

とはいえ、月草は陽と会うことで英気を養っていると言ってくれているため、今は全般的に甘えておくことにしている。

先ほど、秋の波が話していた夏の映像は浄吽《じょううん》が録画して綺麗に編集したものをくれたので、琥珀も見て知っていた。

「あのように高いところから滑り降りるのは、怖くはありませんでしたか？」

「さいしょは、いちばんうえから、したみたときに、びびっちゃったけど、おつきのいなりに『いきますよー』ってだきかかえられて、ていこうするまもなくすべりだしたら、すっごいたのしかった！　おおきくなったら、ひとりですべってみたいなー。っていうか、かげともがいけたら、いっしょにすべれたのに」

秋の波はそう言って影燈を見る。

「俺は、あれを見て、仕事でよかったと思ったがな……」

「えー、なんで？」

「あんな高いところから滑り降りるとか、狂気の沙汰としか思えん」

「それはさいしょだけだって！　いっかいすべっちゃったら、やみつきになるから」

秋の波の言葉に、琥珀は笑う。

「陽と同じことをおっしゃる……」

映像を一緒に見て、あのように高いところから下りるのは怖くなかったのかと聞いた琥珀に、陽は、

『あのね、さいしょはこわかったの。でも、あにじゃさんが、ぎゅってちゃんとだっこしてくれ

て、いっしょにすべったら、すっごくすっごくたのしかったの。だから、なんかいもすべりにいったの』

にこにこして話していた。

「ほらー、はるちゃんだってたのしかったって！　らいねんは、かげとももぜったいいっしょにいこ？　こはくも！」

まさかの被弾に、琥珀は苦笑する。

「いえ、私は……涼聖殿の仕事がありますゆえ」

「そっかー、りょうせいどの、いそがしいもんなー。やすみのひでも、でんわがかかってきたら、すぐにかけつけてるし」

秋の波は納得したように言ってから、

「でも、こはくがしあわせそうでよかった」

にこにこしながら言う。

「そうですね、おかげさまで」

少し気恥ずかしい気持ちになりながらも、琥珀は素直に肯定する。

目減りする妖力に、陽の成長を見届けられるかと悩んでいたのは、思い返せばほんの少し前のことだというのに、今はこんなにも満ち足りている。

神と敬われる存在として、人をそれぞれが思う幸せへと導くことが使命だというのに、涼聖はもちろんのことだが、集落の人々からかけられる温かな思いによっても、今の自分は幸せにしてもらっていると感じるのだ。

それはかつて、自分の集落を持ち、そこで皆に祈られることで力を得ていた時とは、また少し違う幸せだ。

「りょうせいどの、やさしいもんな。こはくがまぐろでもいいって、いってくれたんだろ？」

お菓子を食べながら、にこにこして、秋の波がさらりと言う。

さらりと言ったが、さらりと言ったその中に含まれていた言葉が問題だった。

やや固まり加減な琥珀を視界に止めながら、

「……秋の波、おまえ、今なんて言った？」

影燈が問う。

「りょうせいどのがやさしいって」

「そのあとだ」

「こはくがまぐろでもいいって、いったって……」

ケロリとして、そのままリピートする秋の波に、影燈は叫び出しそうになった。

普通そういう話題は、昼間にはしない。

というか、琥珀の前ではしたくない。なんとなくだが。

それは多くの稲荷が思っていることだろう。

しかし、秋の波はいつの間にか、さらりとそのハードルを飛び越えていた。

「秋の波……ちょっとこっちへ」

影燈はできる限り平静をよそおって秋の波を手招きする。

「なにー？」

秋の波が何の疑いもなく、膝でちょこちょこと近づいてきたところで、影燈は秋の波の頭をがっしりとヘッドロックで拘束すると、固めた拳をその頭にグリグリと押しつけた。

「いっ、い————！　いたっ、いたいって！」

手をバタバタさせて逃れようとする秋の波に、

「おまえはバカか！　子供だからって言っていいことの区別くらいはつくだろ！　琥珀殿になんて話題を振ってんだ！」

影燈は叱りつける。

「影燈殿、もうそのあたりで……」

秋の波の声が悲痛さを増したところで、琥珀はハッとしてとりなした。

その声に影燈が手を放すと、秋の波は脱兎のごとく逃げだして、向かい側に座していた琥珀の後ろに隠れた。

そして涙目で影燈を見る。

「もー、なにするんだよー！」

「おまえが悪い。琥珀殿、すまん。その馬鹿がとんでもない話題を……」

謝る影燈に、琥珀は黙って頭を横に振る。

しかし、秋の波は理不尽だとばかりに、

「だって、しょうがないだろ！　おれだってずっときになってたんだから。それに、こはくにそのはなししたときは、おれだって、くうきよんで、おとなのすがたになってたし！」

グリグリされて痛い部分を手で押さえながら、秋の波は言う。

あれはプールへ遊びに行った少しあとのことだ。

秋の波は単独で香坂家に遊びに行った。

昼間は陽といつものように遊んで、その夜、陽が寝てしまってから起き出した秋の波は、琥珀の部屋に向かった。

「こはく、ちょっとききたいことあるけど、いい？」

やけに殊勝な顔でやってきた秋の波に、琥珀は、何か重大な悩みがあるのだろうと身構えた。

秋の波は今は安定して見えるが、本宮でも類を見ない、不確定要素を秘めた存在なのだ。

だが、秋の波の性格上、いつも近くにいる者たちには抱えている不安を吐露《とろ》することができないのでないかと思っていた。

いつも明るい秋の波、と誰もが思っている。

そのイメージゆえに、つらい思いを自分の内に閉じ込めているのではないかと。

琥珀が呼びよせると、この姿だとしづらい話だから、と、この夜のために少しずつ溜めておいた力で、秋の波は姿を以前の、勧請された五尾の頃の姿へと変えた。

それは、琥珀がよく知っている、昔のままの秋の波だった。

琥珀から寝間着を借り、それを身に纏った秋の波は、

「今日は満月じゃないし、そんなに力も溜められなかったから、一時間くらいしか持たないと思うから、単刀直入に聞くけど、いい？」

即座に切り出した。

「何でしょう、私に答えられることであればよいのですが」

わざわざ大人の姿に身を変えなければできないという話に、琥珀は身構える。

その琥珀に、秋の波は聞いた。

「琥珀は、涼聖殿と閨《ねや》でどうしてる？」

まさかの、ド直球での下ネタだった。

「……はい？」

聞き間違いかと、琥珀はとりあえず、聞き直す。それに秋の波は、

「俺と影燈が、そういう関係っていうか、恋人同士だってことは前に話したし、知ってるだろ？まあ、今の俺はほとんど子供の姿だから、そういうことってあんまりないんだけど、力を溜めて三ヶ月とかに一回くらいの割合で、満月の夜だけはこの姿になれるから、その時はまあ、なんて

いうか、そういうことになってるんだけどさ」

内容が内容だからか、ややぼやかしながら話す。

秋の波と影燈が恋人同士だという話は、秋の波が幼い姿になってから、わりと間もない時期に聞いたので知っていた。

秋の波も、何度か香坂家に遊びに来るうちに、琥珀と涼聖の関係に気づいていたようなので、それで話してくれたのだろうが、まさか、そっち方面での相談事をされることになるとは思っていなかった。

「それで、なんていうか、そういう時に、俺、なんにもできないんだよね。されるがままっていうか……。なんか、人界じゃ、そういうのマグロって言って、結構不評らしいって、この前チラッとだけ見た雑誌に書いてて」

とりあえず、どこでそんな雑誌を見たのかは聞かなかった。

聞かなかったが、秋の波が言った言葉は、少なからず琥珀に衝撃を与えた。

——不評なのか……。

閨において、何もできないのは琥珀とて同じだ。

これまで涼聖には何も言われたことはないのだが、優しい涼聖のことだ。不満に思っていても言わないだけだというのは充分に考えられる。

「今のとこ、影燈はなんにも言わないんだけどさ、この先のこと考えたらなんか勉強っていうか、しなきゃいけないのかなーと思うんだけど、さすがに影燈に『どうすればいい？』って聞くわけにもさ……」

そこまで言って秋の波は言葉を一度切り、それから少し恥ずかしそうな顔で琥珀を見た。

「琥珀はなんていうの？　そういう閨房術《けいぼうじゅつ》みたいなの、なんか実践してたりすんのかなーって思って……」

それに琥珀は自分を落ち着かせるように、いくばくかの間を置いた。

「申し訳ありませんが、閨房においての作法については私も疎《うと》く……」

「え、そうなのか？」

「はい」

「でも、琥珀殿と涼聖殿って、恋人同士になって結構長いよな？」

「まあ、そうなのですが……これまで涼聖殿から、何か言われたということもないゆえ、私も特段、そちら方面については……」

言葉を選びながら琥珀が返事をすると、秋の波は、安堵するような、少し残念なような息を吐いた。

「そっかー……」

「申し訳ない」

再び謝る琥珀に、秋の波は頭を横に振った。

「ううん！　いや、なんていうか……こういうこと相談できる相手って琥珀しか浮かばなかったから、聞くしかないなーって考えてたんだけど、琥珀がめちゃくちゃ詳しかったら、それはそれでショックだろうなと思ってたから、そういう意味では安心したのと……やっぱ影燈に聞くべきなのかなと思うと、タイミングっていうか、なんか勇気いるじゃん？」

「まあ、そうですね……」

「でも、今度、思い切って聞いてみる。俺は、今で充分幸せなんだけどさ、やっぱ影燈にもおんなじように思ってもらいたいし」

そのあとは、秋の波の術が切れるまで、二人でちょっとした恋愛トークをして過ごした。

だが、琥珀はそれからずっと「マグロ」の件が気になっていて、先般、思い切って涼聖に聞いた。

その結果を、一応、自分たちのことと重ね合わせて気にしているかもしれない秋の波に伝えたのだ。

だが、まさかそれを、この場で持ちだされるとは琥珀も思っていなかった。

おそらくは子供の姿ゆえに理性が甘くなっているからということと、気が置けない仲間うちだからだろう。

「もう、いっそだからいまきくけど、かげともは、おれがまぐろでもきにしてないのか？」

改めて別の時に、まあいわゆるそういう時に聞くのもなんなので、秋の波はこの際だと、琥珀の後ろから出てきて強引に影燈に聞いた。

その問いに影燈は盛大にため息をついた。

「だから、昼間からする話じゃないと言ってるだろうが」

「いいじゃん！　どくをくらわば、さらまでっていうだろ」

「おまえの皿はでかすぎんだよ、大皿並みのネタ振ってくるな」

答えない影燈に、秋の波は一度ギュッと唇をかみしめると、

「……っ…こたえ、られないってことは…やっぱ、つまんねーっておもってるからなのか？」

泣き出しそうな震える声で聞いた。

それに影燈は焦る。

「そんなこと、一言も言ってないだろうが。おまえがマグロでもカツオでもハマチでも、気にしないっていうか、そんなこと考えたこともなかった、だからおまえも気にするな、以上終了！」

一気に言うと、影燈は半分残していた豆大福を口に放り込んだ。

「秋の波殿、よかったですね」

琥珀は微笑み、秋の波の頭を撫でる。

それに、秋の波は嬉しげに、えへへーと笑って頷くと、元の座布団の上に腰を下ろし、切り分けてあったお菓子を口に運んだ。

その様子を琥珀は微笑ましく見つめ、同じくお菓子を口に運ぶ。

そして、食べ終える頃には、秋の波が別の話題——昔、まだ琥珀が八尾で本宮に来ていた頃に、

三人で酒宴を開いた話など——を持ちだし、三人は再び和やかに話をしたのだった。

マグロの捜査結果：犯人は秋の波。

そのことを、涼聖たちが知るのは、まだまだ先のことである。

おわり

あとがき

こんにちは。今年も花粉症を発症せずに済んだ様子で、安堵している松《まつ》幸《ゆき》です。たまにくしゃみ出るけど、これは違うから！　と、言い聞かせています。松幸家では花粉症は「認めたら負け」とされています（超迷信）。

さて、狐の婿取り十四冊目！　少し前からちょろちょろと出てきていた謎の人物が今回も出てきております。まるでストーカーのように陽《はる》ちゃんたちを見てましたが、千歳《ちとせ》ちゃん狙いじゃなかったのか……それとも小さい子はみんな愛でていける月草《つきくさ》様タイプ？　いろいろと妄想がつきませんがそのうち、ちゃんとした正体が出ると思います。

そんな今回、またまた琥珀《こはく》様ピンチです。涼聖《りょうせい》さんは久しぶりに格好良かったと思いたい。そして陽ちゃんの赤ずきんちゃん姿！　正直ね、男の子に赤ずきんちゃんの格好ってどうなの？　って思ったのですけど、「小さい子ならイケる」と自分に言いきかせ、欲望に忠実に赤ずきんちゃん仕様で登場していただきました。

その姿をカラーで見られて……もう、言うことありません。そして伽羅《きゃら》さん。さすがデキる七尾……最高です！

そんな最高なイラストを、今回もみずかねりょう先生に描いていただきました。毎回、本当に、私の想像を完全に超えた美麗なイラストを描いてくださってありがとうございます。

これからも、赤目の男と同じくらい、全力でストーカーして参りますのでよろしくお願いします。

今回、マグロの謎も解け、新章の初期駒が揃ったので、次回からゴリゴリお話を進めていけたらなと思います。琥珀様がいつ戻るのか、椽《つるばみ》さんと倉橋《くらはし》先生に進展はあるのか、白狐《びゃっこ》様と秋《あき》の波《は》ちゃんは今度は何をやらかすのか、いろいろ考えておりますので（纏まってるとは言わない／笑）これからもよろしくお願いいたします。

いろいろと大変なことが起きておりますが、この本が少しでも皆さまに楽しんで、そして笑っていただけますように。

二〇二〇年　湯たんぽをしまう時期を見計らっている四月上旬　松幸かほ

今度は神様、園児になる!?
冬募集開始！
狐の婿取り（仮）
松幸かほ・著／みずかねりょう・画

CROSS NOVELSをお買い上げいただき
ありがとうございます。
この本を読んだご意見・ご感想をお寄せください。

〒110-8625
東京都台東区東上野2-8-7　笠倉出版社
CROSS NOVELS 編集部
「松幸かほ先生」係／「みずかねりょう先生」係

CROSS NOVELS

狐の婿取り—神様、約束するの巻—

著者
松幸かほ

2020年5月23日　初版発行　検印廃止

発行者　笠倉伸夫
発行所　株式会社　笠倉出版社
〒110-8625　東京都台東区東上野2-8-7　笠倉ビル
[営業]TEL　0120-984-164
FAX　03-4355-1109
[編集]TEL　03-4355-1103
FAX　03-5846-3493
http://www.kasakura.co.jp/
振替口座　00130-9-75686
印刷　株式会社　光邦
装丁　磯部亜希
ISBN　978-4-7730-6034-8
Printed in Japan